小学館文庫

暗号解読士 九條キリヤの事件簿

～白の詐欺師～

桜川ヒロ

小学館

CONTENTS

プロローグ

「人は愛されるために生きて、恨まれながら死んでいくのが理想だと思うの」

どこかから借りてきたような言葉を、まるで誰もが知っているこの世の真理だというように、ヒナタはなんてことない調子でそう語った。ソファの背もたれにデニムの短パンから伸びた足を投げ出して、座面に胴体を沈めている彼女は、逆さになった顔をこちらに向け、器用に手に持った棒アイスを食べている。

熱せられた外気と蟬《せみ》の鳴き声が、掃き出し窓に下がっているカーテンを膨らませた。近くには扇風機があり、首を振りながら室内に風を送っている。

そろそろエアコンでもつけたほうがいいだろう。

僕は窓を閉めてエアコンのリモコンを手に取る。『冷房』のボタンを押すと同時に、ヒナタが不満げな声を漏らした。

「ちょっと！　お兄ちゃん、聞いてる？」

「変なこと言ってないで、ちゃんと座って食べろ。服が汚れるぞ」

「そんな、お母さんみたいなこと言わないでよー」

「お兄ちゃんみたいなことでもあるだろ」

　僕は机の上に開いて置いていた文庫本をもう一度手に取って、食卓テーブルにつく。棒アイスを咥《くわ》えながら頬を膨らませるヒナタを視界の隅に留めつつ、僕は息を吐き出した。

「で、愛されるがなんだって？」

「だから、死ぬときは恨まれた方がいいって話」

「……お前は、たまによくわからないことを言うよな」

　文庫本から顔を上げて、ヒナタの方を見る。彼女は「そうかなぁ」と首を傾《かし》げていた。ちなみに、体勢はまだ戻っていない。

「人って、誰かから愛されるために生きてるわけじゃない？　親とか、友達とか、恋人とか、自分とかにさ。だから、最期はやっぱり恨まれるのが理想だなぁって」

「意味がわからない」

「要するに『なんで死んでしまうんだ』って恨まれながら死にたいなって話」

　ヒナタが何を言いたいのか、そこでようやく理解した。

　僕は文庫本に視線を戻しながら口を開く。

「それを言うなら『惜しまれて』じゃないのか？」

「うーん。『惜しまれて』って、こう、もったいない、みたいな感じじゃない？　そうじゃなくてさ、本当に大切な人が死ぬときは、そういう乾いた感情じゃないと思うんだよね。じとっとしているというか、粘ついているというか……」

「わからないな」

「まぁ、私も想像でしかないんだけどさ。大切な人が死んだ経験があるわけじゃないし。でも、想像するとやっぱり『恨み』が一番近い感情の気がするんだよね。物語でよく、死んでいく人を目の前にして『今まで信じてなかった神に祈る』みたいな表現があるけど、懇願の根底にあるのは、やっぱり『なんでこんなことになったんだ』『なんで死んでしまうんだ』っていう、その人や状況に対する恨みなんじゃないかな」

筋が通っているのかどうなのかわからない持論を展開しながら、ヒナタは真上に伸ばした足をバタつかせる。

「それに、映画でも悪役が死ぬとき『なんで!?』って思わないじゃん？　こう言ったらあれだけど、ちょっとスッキリしちゃうし。現実でもさ、嫌いな人が死ぬときはそこまで感情が動かないと思うんだよなぁ」

「それは、そうかもな」

「でしょう？」

同意されたことが嬉《うれ》しかったのか、ヒナタはそこで初めて明るい声を出した。そして、身体《からだ》を起こす。ソファの座面にきちんと腰を据えた彼女は、アイスの棒を手に持っていた。どうやら、あの奇っ怪な体勢でこぼすことなく食べ終えたらしい。器用というか、なんというか。

「その人のことが好きなぶんだけ恨みも強くなると思うんだよね。だから私は、たくさんの人に『こんな気持ちになるぐらいなら、出会わなければよかった』って言われながら死にたいなぁ」

「縁起でもないことを言うなよ」

「縁があるから言ってるんだよ」

「うまいこと言えてないぞ」

指摘すると、ヒナタは声をあげて笑い、「すごく遠い未来の話だよ」と目を細めた。

彼女はその年の九月、家族から、友人から、たくさんの人間から、

これでもかと恨まれて亡くなった。

第一話　岩の扉を開く鍵

1

——どう切り出せばいいのだろうか。

新米刑事・七瀬光莉《ななせひかり》の頭の中は、現在、その言葉だけで埋め尽くされていた。

場所は、刑事部捜査0課の詰め所である、警視庁の地下にある元倉庫。その一角にあるパーティションで仕切られただけの応接スペースに、彼女はいた。革張りのソファに腰掛けている彼女の正面には、人形のように整った顔をした青年の姿がある。人より長いまつげを伏せ、彼は手元の捜査資料に視線を落としていた。どこか神経質な印象を受ける指先が、紙の端をつまんでゆっくりとめくる。

濡羽色《ぬればいろ》の髪に、菖蒲色《しょうぶいろ》を秘めた黒い瞳。陶磁器のようにきめの細かい白い肌に、形の良い唇。折り曲げられているにもかかわらず、手足が長いのは一目瞭然で。彼の姿はまるで人の理想を詰め込んだ彫刻のようでもあった。

この芸術作品のような美青年の名前は、九條《くじょう》キリヤ。

通称・暗号解読士。

彼は帝都大学に通う学生であり、警察の民間人協力者でもあった。得意としているのは通り名のとおり暗号の解読で、キリヤにかかれば謎多きダイイングメッセージだろうが、不可解な文字の羅列だろうが、意味のわからない記号だろうが、たちどころに一般人が理解できる言葉に変換される。

光莉とキリヤが知り合ったのは今年の四月だが、たった半年と少しの間で彼は数々の事件を解決に導き、その実力を見せつけてくれた。

そんな彼に、そんな彼だからこそ、光莉には相談したいことがあった。お願いしたいことがあった。そして、それをどう切り出すかを、先ほどから散々迷っていたのだ。

――どう言えばキリヤくん、不機嫌にならないかな。

光莉は正面のキリヤに気づかれないように、そっとため息をつく。素直に『お願いしたいことがあるんだけど……』と口を開けば、キリヤはとたんに渋面になるだろう。それどころか『僕は七瀬さんのお悩み相談所じゃないんですけど』から始まる嫌味を、十や二十は聞かされる羽目になるかもしれない。あの形の良い唇からは、たまに結構な毒が吐き出されるのだ。

そもそも、キリヤは四年前に起こった妹の事件を解決するために警察に協力しているのだ。警察を通していない光莉の個人的な頼みを、彼が聞く必要は一切ないのである。

——やっぱり、やめておくか。

ただでさえ、警察からの依頼でキリヤには負担を強いているのだ。今日だって、妹の事件とはまったく関係のない未解決事件の捜査資料を読んでもらうため、彼を呼んでいる。キリヤが捜査協力を始める前——四年以上前の『読めない文字』『意味がわからない記号』『違和感が残る文章』が残された事件の捜査資料だ。

光莉は自分を納得させるように、小さく一度頷《うなず》いた。すると、同時に妙な視線も感じる。顔を上げると、訝《いぶか》しげな表情で片眉を上げるキリヤと目が合った。

「な、なに？」

「いえ。そちらが何もないのならば平気ですけど」

言いながら、キリヤは光莉から視線を外した。妙に含みのある言い方に、なんだか全てを見透かされているような気分になってくる。もしかして彼は、暗号だけでなく光莉の心の中さえも読むことができるのだろうか。

「七瀬さん、こっちの資料は？」

光莉の動揺に気づいているのかいないのか。キリヤは机の上の資料を指さした。先ほどまで彼が見ていた資料の山とは、少し離して置かれている。

「あ、そっちのは私の趣味で持ってきたやつ」

「趣味？」

「趣味というか、興味、というか？　もう時効を迎えちゃった事件なんだけどね。資料を用意しているときに見つけて、妙に気になったからいくつか持ってきてみたの」

　これを用意しているときは、まさか自分がこんなことで思い悩むとは思っていなかったな……と、思考が再び悩みの方に向かいそうになり、光莉は慌てて頭を振った。彼に頼らないと決めた以上、この悩み事は一旦忘れるべきだろう。少なくとも自宅に帰るまでは。そうでないと、キリヤにも失礼である。

　そんなふうに逡巡《しゅんじゅん》している光莉の前で、キリヤは捜査資料を手に取った。

「ああ。これ、知っていますよ。東洋のメーヘレン事件ですよね」

「え。知ってるの？　キリヤくんが生まれる前の事件だよ？」

「それを言ったら、七瀬さんも生まれてないじゃないですか」

　呆《あき》れたようにそう言いながら、キリヤは捜査資料をペラペラと捲《めく》る。

「今でもたまにテレビで振り返り番組をやるじゃないですか。ほら、三億円事件とかと一緒に。だから知ってたんですよ。というか、この事件をまったく知らない人ってなかなかいないんじゃないですか？　まあ、七瀬さんはこういう仕事でなければ知らずに育っていそうですけど」

「私だって、そこまで世間知らずじゃないからね!?」

東洋のメーヘレン事件。それは昭和最大の贋作《がんさく》事件である。

メーヘレンというのは、ハン・ファン・メーヘレンというオランダの贋作者のことだ。彼は特にフェルメールの作品を真似《まね》し続け、ついにはこの世に存在しないまったく新しいフェルメールの作品を作り上げたとされている。

オリジナルのない、オリジナルの贋作。

人々は彼を天才贋作者と呼び、彼の死後、その伝説は映画にまでなった。

東洋のメーヘレン事件というのは、それの日本人版が過去にいたという事件なのだ。

「この事件って、東洋のメーヘレン本人が罪を告白する手紙を警察に送ったから発覚したんですよね」

「うん。当時は誰も、彼の描いた贋作が贋作だと見抜けなかったらしいからね」

東洋のメーヘレンは、自分が描いた贋作全てに印をつけていた。それはキャンバスの裏に彫刻刀で彫られた二本の線だ。長さも間隔も同じそれは、彼が手紙を警察に送るまで、単なる傷だと思われていたらしい。

「もしかして、七瀬さん。この二本線の謎を僕に解けって言ってます?」

「うん。キリヤくんなら解けるかなぁって」

「……無理ですよ」

目を瞬かせたのは、キリヤからそんな弱気な言葉が出るとは思っていなかったからだ。

驚いた表情の光莉を前に、キリヤは資料を指ではじいた。

「情報が圧倒的に足りません。解けない暗号というものは存在しませんが、鍵のかった扉はやっぱり鍵がないと開きませんから。これは鍵にたどり着くまでの要素が不足しすぎています」

キリヤならば簡単に解いてしまうだろうと思っていた光莉は、キリヤの答えに「そっかぁ」と少し声のトーンを落としてしまう。別にそれはがっかりしたからというわけではないのだが、キリヤは妙にむっとしたような顔つきになった。

「情報が足りないってだけです。さっきも言いましたが、別に解けないってわけじゃ――」

「そんな、ムキにならなくても」

「ムキになってません」

キリヤの声色がわずかに硬くなる。すねている、のだろうか。いつも大人びた雰囲気を纏《まと》っているからか、視線をそらした彼の横顔は妙に子供っぽく見えた。

「というか、ムキになってるのは、そっちじゃないですか」

急に話の矛先が変わり、光莉は「へ？」と間抜けな声を出した。

「なにかあったんですか？」

その声には、光莉を心配するような響きが含まれている気がした。

「一生懸命仕事をしようとしていますけど、さっきから少し上の空じゃないですか」

「え!? そう、かな……」

「そうですよ」

キリヤはそう言い切り、不服そうに口角を下げた。

「今までこっちの都合関係なく散々頼ってきたくせに、なに今さら遠慮してるんですか？」

「えっと、これは遠慮というか……」

「遠慮じゃなかったら、なんなんですか？」

確かに、なんなのだろう。

光莉は言葉に詰まる。

わずかに俯《うつむ》いた彼女に追い打ちをかけるように、キリヤは短く息を吐き出した。

「目の前で、これ見よがしに何度もため息を吐かれる僕の身にもなってください」

「……ごめん」

「大体、足りない頭でいくら考えても無駄でしょう？ 頭を働かすなというわけじゃないですが、人には得意不得意があるんですから、そこは考慮するべきでは？」

「……すみません」

「そもそも、誰かに相談しようかなと思う時点で、身の丈に合わない悩みなんですよ。素直というのは、七瀬さんの数少ない美点なんですから、こういうときに使わないでいつ使うんですか」

「……申し訳ないです」

「だから――！」

キリヤは焦れたように一瞬だけ声を大きくした後、口から出かけた言葉を呑《の》み込むように、唇を真一文字に結んだ。その後、頭を掻《か》く。物言いたげな彼の視線は、光莉の方を向いた後、動揺したように泳いだ。

そんなキリヤをじっと見つめた後、光莉は思い切って口を開いた。

「あの、さ。間違ってたらそう言ってくれて構わないんだけど。もしかしてキリヤくん、さっきから私に『相談してもいいよ』って言ってくれてる？」

「むしろ、それ以外のなにに聞こえたんですか？」

素直じゃない調子でそう言うキリヤは、どこか怒っているようにも見えた。

2

どこから説明するか迷って、結局光莉は、最初から全部話すことにした。

「紫《ゆかり》ちゃんって覚えてる？　胡蝶《こちょう》紫ちゃん」

「覚えてますよ。七瀬さんの同級生でしょう？」

キリヤと紫が初めて会ったのは、二ヶ月と少し前——ちょうどお盆が過ぎ、八月も下旬にさしかかった頃だった。光莉は、小学校のときに埋めたタイムカプセルを掘り返すためキリヤを巻き込み、諸々《もろもろ》の結果として過去の行方不明事件を解決した。そのとき、一緒にタイムカプセルを探した同級生メンバーに、胡蝶紫がいたのだ。

「実は、紫ちゃんが脱出ゲームをやりたいって言い出しちゃって……」

「は？」

もっと深刻な悩みだと思ったのだろう、キリヤの声に僅かな苛立《いらだ》ちが乗った。光莉は咄嗟《とっさ》に「あ、ごめん。違うの！　違う！」と首を振る。

「そうじゃなくて。その脱出ゲームがどうにも怪しいんだよね。何て言えばいいのかな。ちょっと、犯罪の匂いがする……って言えばいいのかな？」

「犯罪？」

キリヤが心底意味がわからないというような顔をする。

光莉は、昨日交わした紫との会話を思い出していた。

◆

紫から電話がかかってきたのは昨晩のことだった。正確な時間は覚えていないが、ちょうど夕食時だったので十九時か二十時ぐらいだろう。電話の内容は、先日結婚すると報告があった鈴夏茜《すずかあかね》と蛍原翔平《ほとはらしょうへい》の式についてだった。

『結婚式の余興どうする？　やっぱり光莉の瓦割り入れとく？』

「入れないし。そもそもまだ早くない？　二人とも結婚するってことが決まっただけで、式をやるかどうかもわからないしさ」

『やらないなら、私たちが開いてあげるまでじゃない？　知り合いのレストランを貸し切れば、身内だけの小さな会ぐらいならなんとかなるだろうしさ』

電話口での紫は、終始ご機嫌だった。最初は友人二人の結婚を喜んでいるのかと思ったのだが、話が職場の愚痴になっても彼女の声のトーンはあまり変わらなかった。

普段から陽気な彼女だが、ここまでの上機嫌は珍しい。だから聞いてしまったのだ、「今日はやけに元気だね。どうしたの？」と。すると紫は、『あ、わかる？』と声をもう一トーン高くした。

『実はね。前々から気になってた脱出ゲームの予約が取れたんだ』

「脱出ゲーム？」

『うん！　簡単に言うと、外に出ることが目的の謎解きゲームなんだけどね。制限時間があったり、ストーリーがあったりして、友達とやると結構盛り上がるんだよ』

「へぇ。楽しそうだね」

口ではそう言ったが、やりたいとまでは思わなかった。謎解きと聞いて、自分が役に立てる未来が全く見えてこなかったからだ。ただ逆に、キリヤくんは得意そうだな、とは思った。光莉が知る限り、謎解きにおいてキリヤの右に出る者はいない。

『ちょっと光莉、本当に知らない？　SNSでプチバズってるんだけど。「星夜《せいや》夫妻の部屋からの脱出」ってやつ』

「ごめん。いま、はじめて聞いた」

『まじで？　すごく人気なんだから！　その分、予約の抽選倍率も高くてね――』

紫はそのまま予約を取るのがどう大変だったかを、武勇伝のように語った。

『定期的に行われるならさ、私も予約日前日からパソコンの前で張ったりすることができるんだけど、ゲームが行われる日も、予約が始まる日も完全に不定期！　だから、四六時中張っとかないと予約取れなくてさー。しかも、一日一組限定なんだよね。まじで倍率エグいっての！』

「でも、そんなに人気ってことは、すごく面白いゲームなんだろうね」

『さぁ、どうだろ』

「どうだろ？」

『脱出ゲームって同じゲームを二度はプレイできないんだよ。ほら、クイズって答えがわかる前には戻れないでしょう？　だから、面白いかどうかはやってみないとわからないと言うか……』

「なるほど」

『というか、このゲームのウリは面白さじゃないんだよなぁ』

「面白さ、じゃない？」

光莉は困惑したような声を出した。

配管工の兄弟が厳《いか》ついトゲトゲ亀から桃のお姫様を救い出すゲームだって、なんでも吸い込んでしまうピンク色のまんまる生物が世界中を冒険するゲームだって、二足歩行のかわいらしい動物がたくさんいる島でスローライフをするゲームだって、全部面白いからやるのではないのだろうか。『このゲームのウリは面白さじゃない』とプレイヤーに言われてしまうのは、ゲームとしてどうなのだろう。

そんな困惑が伝わったのだろうか、紫は声を潜めた。

『実はね、このゲーム。クリアできたらお金がもらえるの』

「は？　お金!?」

『なんと、一人十万円もらえるらしいの！　チームで、じゃないんだよ？　一人で！　しかも、参加費は無料！　すごくない!?』

◆

「……怪しいですね」

そんなキリヤの声で、光莉は昨晩の記憶から引き戻された。「キリヤくんもそう思うよね」と同意を求めれば、彼は厳しい顔で「まあ」と頷いてくれる。

「普通に考えて、運営側にメリットがないでしょう。参加費は無料なのに、クリアした場合は十万円なんて、どう考えても赤字です」

「そうだよね。でも、お金欲しさに結構な人数がその脱出ゲームに予約入れてるみたいなの。しかも、SNSで調べてみても『参加したい』とか『失敗した』って声は見つかるんだけど、『成功した』って声は、ほとんどないんだよね。紫ちゃんは『すごく難しい脱出ゲームだからじゃない？』って言ってるんだけどさ」

「はあ……」

呆れを煮詰めたようなキリヤのため息に、光莉はだんだんと自分が怒られているような気分になってくる。

「それって、本当にクリアできるゲームなんですか？　参加費無料のかわりに身分証とか要求されて。差し出したが最後、その身分証がもとで脅されて、軽犯罪に巻き込まれた上に、最終的には強盗とかさせられるやつじゃないですか？」

「キリヤくんでも、そう思っちゃうよね」

「というか、そうとしか考えられないでしょう？」

昨晩の自分と同じ結論にたどり着いたキリヤに、光莉は心底弱り果てた声を出した。

「私もさ、そう思って紫ちゃんに話してみたんだけど……」

脳裏に、昨晩聞いたばかりの元気な紫の声が響く。

『大丈夫よ！　実は、私の友達もこの脱出ゲームに挑んだらしいの！　でも、その子は何も要求されなかったって言ってたわよ！　身分証とかも見せなかったみたいだし、なにか書類を書かされたりもしなかったって！　本当にゲームしただけみたい。ま、ゲーム自体は全然クリアできなかったらしいんだけど！』

「その言葉を信じるのならば、ますます運営側の意図がわかりませんね」

「だよね。でも、怪しいことには変わりなくてさー。紫ちゃんは目の前の十万円しか見えてないみたいだし」

光莉はぐったりとうなだれた。

「……で、七瀬さんも行くんですか？　脱出ゲーム」

「うん、その予定。さすがに一人じゃ行かせられなくてさ。脱出ゲームも三人までなら一緒にプレイできるみたいだし」

光莉の言葉に、キリヤは妙に納得したような声を出した。

「ああ、なるほど。つまり、その提案をしたとき、胡蝶さんに『それならキリヤくんを連れてきてよ』とでも言われたんですね。で、七瀬さんは、僕に迷惑をかけるのも、胡蝶さんの言いなりになるのも嫌で、どうするか悩んでいた、と」

まるで見ていたように言い当てるキリヤに、光莉は身体をのけぞらせ、ソファの背もたれに身体をしっかりともたせかけた。

「いやだって、さすがにわかっちゃうよ！　キリヤくんを誘い出すために、紫ちゃんは私に脱出ゲームのことを教えたんだって！　私が一人で行くって言ったら、『光莉だけなら必要ないかなぁ』って、場所も日時も教えてくれないんだよ？」

まんまと罠《わな》にかかった、というのが正直な感想だった。つまり紫は、『私一人を危ないところに行かせたくなかったら、キリヤくんを連れてきて』と言っているのだ。

光莉の他人を放っておけない性格や職業を利用された形である。

「胡蝶さんって思った以上に強《したた》かですよね」

「強かっていうか、あれはさぁ……」

「ちなみに、さっきまではどうするつもりだったんですか？」

「さっきまで？」

「僕への相談、諦めようとしていたじゃないですか。もしかして、僕を連れて行くと胡蝶さんに嘘《うそ》をついて、日時と場所を聞き出した上で直談判《じかだんぱん》するつもりだったとか？」

またもや頭の中を言い当てられ、光莉はうなだれた。なんだかもう、驚きもない。

「うん、そのつもりだったよ。どうしても行くって言うなら、無理やりついていこうって思ってた」

というか、今もそのつもりだ。この状況でキリヤが一緒に行ってくれるとは思えない。光莉から見てもこれはもう立派な厄介事だ。自分がキリヤと同じ立場だったら、光莉は巻き込まれたいとは決して思わない。

ますますうなだれたそのとき、キリヤの声が後頭部に落ちてきた。

「いいですよ。行きます」

「へ？」

「だから、行きますよ。まあ、僕にも用事があるので、日時にもよりますが」

キリヤの思わぬ答えに、光莉は目を大きく見開いた。すべての表情筋を使って驚きを表現する彼女に、キリヤは手を組んだ。

「説得するにしても二人でしたほうがいいでしょうし、ゲームに参加するにしても七瀬さんと胡蝶さんよりは僕のほうが適任でしょう？　というか、胡蝶さんもそう思ったから僕を誘い出そうとしたわけですし」

「それは、そうだけど。いいの？」

「いいの、とは？」

「いや、変なことに巻き込んじゃうことになるし、一日潰しちゃうし、そもそもキリヤくんって紫ちゃんのこと苦手だよね？」

「巻き込まれることには慣れていますし、何も用事がない日が潰れても何も思いませんし、胡蝶さんのことは苦手ですが、もう二度と関わり合いになりたくないと思っているほどではないので」

「そう……」

「それに、十万円にも興味ありますし」

いつも通りのトーンでそう言われ、「え？」と素っ頓狂な声を出してしまった。

「もし胡蝶さんの言っていることが全て本当だったら、謎解きをするだけで十万円ですからね。下手なバイトよりは割がいいでしょう？　もちろん、ゲームの真偽については、もう少し調べてみる必要はありそうですが……って、なんですか？」

じっと見上げてくる光莉の視線に気がついたのだろう、キリヤは小首をかしげた。

「いや、キリヤくんって、なんとなくお金とかに興味薄そうだったから、意外で……」

「資本主義の国に生きていて、お金に興味を持たないって、正直難しいと思いますけど」

「いやまぁ、それはそう、なんだけど……」

それでも、なんとなくイメージと合わないのだ。彼に変な幻想を抱いているとかそういうのではなくて、なんとなく、なんとなく。

「入用なんですよ」

その言葉に光莉は改めてキリヤの顔を見た。

「引っ越しをする予定なので」

「え？　……キリヤくん、引っ越しするの？」

思わず声が大きくなった。

だって、光莉は知っているのだ。キリヤがあの家を——大切な家族と過ごし、そして妹が亡くなった家を、どれだけ大切にしているのかを。

『七瀬さんも、この家を捨てたほうがいいと思いますか？』

二ヶ月前、精神的に追い詰められたキリヤがそう問いかけてきたのを光莉はまだ覚えている。事件をきっかけに知り合い、色々面倒を見てくれている刑事の一宮《いちのみや》からも、同じ悲しみを共有しているはずの父親からも、友人や知人からも、彼は『家を処分した方がいい』と言われ続けていたという。その方が事件を忘れられる、と。

でも彼は一人でそれに抵抗して、あの家を管理していた。大切にしていた。

その理由は、表向き『殺された妹の最期の言葉を聞くため』だったが、光莉はキリヤがそれ以上の理由であの家を管理していることを知っていた。

家族と過ごした日々を保存するように。

もう戻ってこないとわかっている家族が、いつでも帰ってこられるように。

その姿は見ていて痛々しくないと言えば嘘になったけれど、それでも無理やり思いを断ち切らせるようなことはできなくて、光莉は『そのままでいいと思うよ』というようなことを返した気がする。

自分の言葉がキリヤに届いたかどうかはわからないけれど、彼は結局今に至っても家を手放してはいなかった。そんな彼が引っ越しをするという事実に、なんだかちょっと頭を殴られたような気持ちになる。

「引っ越すというか、生活する場所だけ移動させようと思ってるんです。家はまだ相変わらず管理する予定で。ちょうどキリもいいですしね」

「キリもいい？」

「ヒナタの最期の言葉が聞けたので。でも、まだ普通にリビングを使うのは辛《つら》いし、生活するのにも不便なので、マンションでも借りようかと」

「やっぱり不便だったんだ？」

妹の遺《のこ》したダイイングメッセージを紐解《ひもと》くために彼は一階のリビングとそこからつながる妹の部屋を使わないようにしていた。必要最低限の水回りと二階にある自分の部屋だけで暮らすのは、快適とは言えなかっただろう。

「まあ、今までは不便だってことにあまり意識は向かなかったんですけどね」

困ったようにキリヤは眉根を寄せつつ、口元に笑みを浮かべる。先程よりも少しだけ優しい表情になっている気がするのは、光莉が彼の事情を知っている人間で、気兼ねしない間柄だからだろうか。

「父が引っ越し費用を出してくれると言っているんですが、家をとっておくとわがままを言っているのは僕だし、今まで色々と迷惑もかけているので、できるだけ」

「キリヤくんって、いい子だよね」

「いい子って……」

不服そうな声に、光莉は頬を引き上げた。そして、握りこぶしを作る。

「うん！　それじゃ頑張って十万円ゲットしようね！」

「その前に、胡蝶さんを説得しましょうね」

呆れたように言われ、光莉は「あ、忘れてた！」と声をひっくり返した。

3

それからあっという間に時間が過ぎて、日曜日——

「さすが、目立ってるなぁ」

待ち合わせ場所である白金高輪駅前を見据えながら、光莉はそんな感想を漏らした。

視線の先にいるのは、一人の青年。彼はスマホに視線を落としながら、石の壁に背を預けている。灰色のパーカーにベージュのコーチジャケット、黒いパンツという組み合わせがなんだか目新しい。すれ違う人が次々と振り返っているのは、彼の造形ゆえにだろう。それにしても振り返るのが女性だけでなく、男性にまで及んでいるところがさすがである。

光莉は妙な注目を浴びる彼に歩み寄り、声をかけた。

「ごめん、キリヤくん。遅くなった」

キリヤはスマホに落としていた視線を光莉に向けた後、自身の腕時計を確かめた。

「遅れていませんよ。五分前です」

その言葉に、光莉もスマートウォッチで時刻を確かめる。九時五十五分。たしかに約束の十時、五分前だ。

キリヤはあたりを見回した。

「胡蝶さんは……まだ、みたいですね」

「そう、みたいだね。でも、時間どおりには来ないかも。紫ちゃん、結構ルーズだからさ。今日はキリヤくんも一緒だから、そこまで遅れてこないとは思うんだけど」

そう言って光莉が苦笑いを浮かべると、キリヤはあからさまに呆れたような表情になった。

続いて落ちてきたため息が耳に痛い。

「なんか、ごめんね？」

「別に、七瀬さんが謝ることはなにもありませんよ」

「いや、まぁ、でも。友達だからさ」

小さくなっている光莉に気がついたのだろうか、キリヤは場の空気を変えるように話題を変えた。

「それで、胡蝶さんの説得はどうでした？　やはり、難しそうでしたか？」

「うん。昨日も電話で散々止めたんだけど、やっぱりどう言っても聞いてくれなくて。

紫ちゃんは紫ちゃんなりにこのゲームについて色々調べているみたいで、なに言っても言い負かされちゃうんだよね」

キリヤは「そうですか」と視線を落とし、思案げな顔で顎を撫《な》でた。

「実は、僕もあれからこの脱出ゲームについて、色々調べてみたんです」

「え。キリヤくんが？」

「はい。ただ、この脱出ゲームに関する批判的なコメントは殆《ほとん》どありませんでした。『難易度が高すぎ』というような文句はありましたが。胡蝶さんの言っているように、個人情報を求められるということもなさそうですし、口コミにサクラがいるような気配もない。何人かにアポイントをとって話を聞いてみましたが、交換条件でなにかしろと言われることもないそうです」

「つまり、説得できそうな情報はなにもないってこと？」

「そういうことになりますね」

キリヤが複雑な表情で頷いた、そのとき――

「お二人さん。なに話してるのかな？」

背後から、キリヤと光莉の間に割って入るように女性の声がした。突然聞こえてきた声に、光莉は思わず飛び上がる。しかし、そこにいた人物に、彼女は身体の緊張をすぐさま解いた。

「紫ちゃん!?」

「やっほー！　二人とも、久しぶり！」

たった二ヶ月と少しで髪の毛の色を金色から紫色に変えた胡蝶紫が、二人に向かって手を振る。髪の毛の色と合わせているのか爪の色も変わっており、爪の先に付いているパープルのストーンがキラキラと輝いていた。

友人の登場に、光莉は腕時計に視線を落とす。

「紫ちゃん、すごい！　時間ピッタリ！」

「さすがに、この状況で遅れては来ないわよ」

紫はそう言って苦笑いを浮かべた後、二人の肩を同時に、ぽん、と叩《たた》いた。

「二人とも、今日は本っ当にありがとね！　まさか、こんなに快く協力してくれるだなんて思わなかったわ！」

「快く？」と、光莉。

「まだ僕たちは協力するとは……」と、キリヤも困惑したような声を出した。

しかし、紫は――

「それじゃ、早速十万円取りに行きますか！　会場の場所は任せて！　地図を見たりするのは得意なの！　というか、これぐらいしかできないしさー！」

と、二人を先導して歩き始める。わざとなのかなんなのか、全く話を聞いていない彼女の様子に、キリヤが思わずといった感じでこちらを向いた。

「……七瀬さん。なんであの人と友達やってるんですか？」

「いや！　いいところもあるの！　あるはずなの！」

光莉はまるで自分に言い聞かせるようにそう言い、頭を抱えた。


脱出ゲームの会場は、とある高級マンションの一室だった。

ロビーにいるコンシェルジュの男性に「脱出ゲームをしに来たんですが……」と声をかけると、「少々お待ちください」と彼はどこかに電話をかける。そしてものの数分で黒いスーツの人間がマンションの奥から現れた。その風体は会社員というより、どこかのホテルの支配人のように堂々としている。頭の天辺からつま先まで、大衆が好むような清潔感をまとわせたその人物は、三人を見据え「お待ちしておりました」と口にした。しかし、口元には少しも笑みなど浮かべておらず、キリヤに似た無愛想が張り付いている。

「ご予約を頂いていた、てふてふ様と、そのお連れ様方で間違いありませんか？」

「はい。間違いありません！」

元気に返事をする紫の脇腹を光莉は小突いた。そして、声を潜める。

「紫ちゃん、そんな名前で予約取ってたの？」

「うん。可愛《かわい》いでしょ？　さすがに本名で予約取るのは怖いなぁって思って！」

「警戒心があるのかないのか、わからない人ですね」

　キリヤも背後で呆れたようにそう漏らす。

　正面の人物は三人のやり取りなど全く意に介していない様子で、深々と頭を下げた。

「私は、皆様の案内役を仰せつかりました、土方遼《ひじかたりょう》と申します。呼び方はお好きに。それでは早速、ゲーム会場までご案内します。こちらへどうぞ」

　そうして三人は、マンションの最上階のとある一室に通された。

　地上三十階。眺めは相当にいい。

　土方は三人を先に部屋の中に入れ、自分は最後に敷居をまたいだ。そして、玄関扉の前でゲームの説明を始める。

「これから皆様には、この部屋からの脱出に挑戦していただきます。どなたも怪我《けが》をすることなく、ここから出ることができれば、ゲームクリアです。……ルールは以上です」

「制限時間は？」とキリヤ。土方は首を振る。

「ありません。何時間いていただいても構いません。ただ、日をまたぐことはお控えください。次のお客様が来られますから。もし万が一、日をまたいでしまった場合はタイムオーバーということで退出していただきます」

「お手洗いとかは自由に使っていいんですか？」

「構いません。食事などのご用意はありませんが、冷蔵庫にミネラルウォーターを用意しております。ご自由にお飲みください。ちなみに、室内の様子はモニタリングしていますので、変なことはなさらぬように。謎を解くという目的以外で備品を汚したり壊したりしてしまった場合もゲームオーバーですから、お気をつけください。もしメモなどをしたい場合は備品などに書き込まず、ローテーブルの上に置いてあるメモをお使いください。リタイヤの際はインターホンの隣にある電話からお願いします。お迎えに上がります」

「わかりました。スマホなどは使っても？」

「構いません。外部と連絡を取ってくださっても問題ありません」

随分とゆるゆるなルールである。それとも、ここまでルールをゆるくしても解かれないという自信があるのか。

「あと、このゲームには答え合わせはございません。皆様方が謎を解かなければ謎は謎のまま。そして再チャレンジも禁止しております」

「なんで？　答えがわかってないならいいんじゃない？　もう一回やっても」

紫の疑問に土方はただ淡々と「そういうルールですから」としか返さなかった。

「最後に、こちらが注意事項などが書いてあるパンフレットです」

土方はスーツの内ポケットからA4の紙を三つ折りしたかのような書類を取り出す。そのおもて面にはデカデカと『星夜夫妻の部屋からの脱出』と書かれている。裏面には『間違いを見つけて、謎を解こう！』ともあった。三つ折りになっている紙を広げると、マンションの簡単な間取り図と、先程交わした会話の内容を箇条書きにしたようなルールが載っている。

「なにか迷うことがありましたら、こちらのパンフレットに従ってください。必要なルールはすべてこちらに書いてあります。……では、他に質問がなければゲームを始めさせていただきますが、いかがでしょうか？」

土方はまるで最後通告をするように、光莉たちにそれぞれ視線を向ける。そして、誰からも質問の声が上がらないことを確認すると、一つ頷いた。

「それでは鍵をかけたらスタートです」

どこまでも事務的にそう言って、土方は玄関から出た。

深々と頭を下げる土方の姿が扉の奥に消えた後、ゲーム開始を知らせる施錠の音が部屋の中に響き渡った。

「本当に、ただのゲームみたいだね」

扉が閉まると同時に口を開いたのは光莉だった。彼女の訝しげな声に「そうですね」とキリヤも同じトーンの声を返す。紫はというと、「もしかして、まだ疑ってたの？」と早速一人家探しを始めていた。

「私、考えたんだけどさ。これってお金持ちの道楽なんじゃない？」

リビングのテーブルの下をのぞき込みながら、紫がそう持論を展開する。

「ここのマンション、見ての通りすごく高そうだし！　そんな高いマンションをゲームのためだけに買うだなんて、完全にお金が余っている人の金の使いかたじゃない？　きっと、お金持ちのゲーム主催者がとあるすごい脱出ゲームを考えたんだけど、誰も興味を持ってくれなくて、それならお金を出す形にすればみんなやってくれる、とか考えたんじゃないかな？」

「なんか無理やりじゃない？」

「でも、別に矛盾してないでしょ？」

「それはそう、だけどさぁ……」

光莉は立ち尽くしたまま難しい顔をする。ゲームがゲームでありそうなことは喜ばしいことだが、これでは本当に主催者の意図がわからない。

「ま。とりあえず解いてみましょうか」

そう言ったのは隣にいたキリヤだった。彼は紫の方に歩きながら部屋を見回す。そして未《いま》だ突っ立っている光莉を振り返った。

「少なくともゲームを解けば、これがただのゲームなのかそうじゃないのかは、はっきりすると思います。賞金を渡してくる際には主催者も出てくるかもしれませんし」

「わからないことは、直接聞くしかないってことね」

光莉も渋々といった感じで、リビングを見て回っている紫の方へ歩を進める。

「それじゃ、手分けして部屋の状況を確認しましょう！」

号令を出したのはどこまでも楽しそうな紫だった。


それから三人はバラバラになって家探しをした。マンションは4LDKと広いが、三人で調べるとなればそこまでの広さは感じなかった。

夫婦の寝室と子供部屋が一つずつ。それに書斎と客間という間取りである。

「なんか、前より丸くなった気がするね。キリヤくん」

その言葉がかけられたのは、家探しをはじめて二十分ほどが経ったときだった。光莉は子供部屋を調べていた手を止め、声のした方を振り返る。入り口の前には、いつの間にか紫がいた。

「そうかな？」と光莉は首を傾ける。

「そうだよ！　今日だって、本当はもうちょっとなにか言われると思ってたもん！」

「あれは、紫ちゃんが勝手に話を進めちゃうからでしょ？」

「いや、そうかもしれないけど。小学校で会った時のキリヤくんだったら、もうちょっとなにかあったと思うよ？　マンションに向かう途中でいくらでもチクチク言う時間はあったわけだしさー」

「チクチクって……」

「まぁ、チクチク言われるようなことをした私が悪いんだけどさー」

一応、悪いという自覚はあったらしい。

紫は棚の本を一冊一冊調べつつ、話を続ける。

「ま。愛想がないのは相変わらずだけどさ。前に会ったときは、もうちょっと人を寄せ付けない感じがあったじゃない？　でも、いまはいい感じだね。光莉に対する態度も柔らかくなってる気がするし！」

「そーかなぁー」

光莉は額を掻きながら曖昧に笑う。確かに、多少は仲良くなってきたかもしれないが、『柔らかくなった』と言われるほど、キリヤの光莉への態度は変わっていない気がする。辛辣なのは相変わらずだし、呆れたような顔は常にされている。家族のことや引っ越しなどといったプライベートなことは多少話してくれるようになったが、それは光莉がキリヤの過去を知っている人間だからで、光莉だから、ではない。

「もしかして、付き合っちゃったりとかしてる？」

背後から飛んできた声に、光莉は一瞬固まって「はい？」と振り返った。

「だから、付き合ってるの？　恋人同士？　それとも微妙な関係？」

「あのね、紫ちゃん。本当にそういうのやめたほうがいいと思うよ？」

自分が思っている以上にげんなりとした声が出た。

「私は別にいいけどさ、キリヤくんはそういうの嫌だと思うよ。だから、そういう揶揄《からか》い方は、本当に良くないって」

「揶揄ってるわけじゃなくて、本気で聞いているのに？」

「なお悪いよ」

ガックリと身体の力が抜けた。紫は「えー」と不満げな声を出す。

「でも私、男女の友情は成立しない派なんだけど？」

「そもそも、私達《たち》、友達でもないからね？」

光莉の発した言葉に、紫は「え？」と驚きの表情になった。光莉が「なに？」と首を傾げると、紫はしばらく逡巡した後におずおずと口を開く。

「それじゃあさ、二人の関係ってなんなの？　まさか、ただの知り合いってわけじゃないでしょう？」

「え。それは――」

光莉の口は、そのままの形で固まってしまう。

——私とキリヤくんの関係？

確かになんなのだろう、と思った。ただの知り合いというには距離が近いような気がするが、友人と呼べるほど仲がいいというわけではない。仕事仲間というのもしっくりとこないし、ビジネスパートナーというのもなんだかドライすぎる。

——依頼人と請負人ってのも、なんか違うような感じがするし……

そんなことを考えながら、光莉は子供部屋にたくさん置いてあるぬいぐるみを掻き分けた。部屋の主は鳥が好きだったようで、小さいが文鳥や燕《つばめ》、スズメやシマエナガのぬいぐるみが見られた。その中でも比較的場所を取っているのは、白鳥と鷲《わし》のぬいぐるみだ。

「あ。見て見て、光莉！　これ懐かしい！」

光莉は紫の方を見る。彼女は手に厚紙でできた円盤のようなものを持っていた。

「それって、星座を見るやつだよね？　懐かしい！　小学校の理科で使ったよね！」

「星座早見盤、だって！　ここに書いてある」

紫は厚紙の真ん中部分を指さした。

星座早見盤は、その名の通り星座を見るときに使うものである。構造は簡単で、星座が描かれている円盤を窓が空いた厚紙で挟み込むようにしているものだ。円盤の中心にはピンが刺してあり、ぐるぐると回せるようになっている。円盤の縁に書いてある日付と挟んである方の紙に書いてある時間を合わせて、その日付の時間に見える星空を窓の中に表示させるのだ。

「紫ちゃん、星座好きだったよねー」

「まあね。私はキラキラしたものはなんでも好きだからね」

紫は指先を顔の前までもってくると、LEDの光にかざす。パープルのストーンがまるで本物の宝石のように彼女の爪で輝いた。

そうしていると、扉の方で人の気配がした。

「そろそろ一旦集まりましょうか」

そう言って顔をのぞかせたのはキリヤだった。彼の提案に、光莉と紫はそれぞれ「わかった」「はーい」と返事をして、リビングに集まるのだった。

「なにかわかったことはありましたか？」

キリヤの質問に、光莉と紫は顔を見合わせた後、順番に答えた。

「とりあえず、ここに住んでいる家族の名前はわかったよ！　星夜大輔《だいすけ》さんと、星夜和代《かずよ》さん。それと、星夜琴子《ことこ》ちゃんの三人かな。あ。琴子ちゃんは小学四年生みたいだね！　机の上にあった教科書が四年生のものだったよ！」

「あとは、二人の職業かな？　旦那さんがライターで、奥さんの方は会社勤めっぽいね。パソコンの方に、それぞれ仕事で使ったデータが残ってた」

「その辺は、僕が調べた情報とも一致していますね」

まあそうだろうな、とは思った。結局、同じところを調べているのだ。答えが同じ場所に行き着くのは当たり前である。

「そういや、キリヤくんはどこ調べてたの？　部屋の方にはあまりいなかったよね？」

「僕は、部屋を一通り見た後は、扉の方を調べてました」

「扉？」

「なにかわかった？」

光莉の言葉に、キリヤはゆるく首を振る。

「わかった、というほどのことはなにも。扉の鍵が暗証番号式錠で、アルファベットを入力すれば開くということぐらいしか」

「ちょっと待って。なんでアルファベットだってわかったわけ？　私も最初の方に扉を調べたけど、ボタンには何も書いてなかったわよ」

紫の言葉に、光莉はリビングから離れ、玄関に向かった。扉には確かに黒い縦長の暗証番号式錠がある。ボタンは縦に十三個、それが二列並んでいる。紫の言うようにそれらにはなにも印字されていなかった。

光莉はしばらく暗証番号式錠を見つめ、「ボタンが二十六個あるからじゃない？」と紫を振り返った。

「英語のアルファベットって、確か二十六文字だよね？」

「ああ！　なるほど」

紫が両手を胸の前で合わせながら、納得したような声を出す。キリヤも頷いた。

「正解です。こういったものを解くとき、それぞれに関係する数字を覚えておくのが重要です。例えば、英語などで使われているアルファベットは二十六文字。イタリア語は二十一文字。スペイン語は二十七文字。ロシア語は三十三文字です。ちなみに、ひらがなは四十六文字。あと、使われることが多く、覚えておいて損がないものはトランプの枚数ですかね。十三、五十二、もしくは、五十三という数字を見たら、トランプを一度連想してみてもいいかもしれません」

今日一番覇気のない「へぇ」が紫から漏れた。

本当に興味がないものにはとことん興味を示さない女である。

紫の態度にキリヤは一瞬だけ眉根を寄せたが、そもそも彼女が真面目に聞いてくれるなんてことは期待していなかったらしく、瞬《まばた》き一つで感情を隠した。

「ということで、鍵のボタンに当てはまるのは、僕たちのよく知るAからZまでのアルファベット二十六文字だと思われます。ただし、入力する文字数は不明。何回挑戦できるのかもわからないので、できれば慎重にいきたいところですね」

「あ！　それなら心配いらないかも！」

そう言って手を上げたのは紫だった。彼女はその状態のまま、なんてことない調子でとんでもない発言をする。

「私、実は何回かチャレンジしてみたんだ！　適当にボタンを押して」

瞬間、キリヤが言葉を失ったのがわかった。

光莉もこれには苦笑いを浮かべてしまう。

「十回ぐらいチャレンジしてみたけど、エラーにはならなかったわよ。きっと何回でもチャレンジできるんだと思う。あと、入力できる文字数の上限は二十六文字。それ以上は、ぶーって音がして入力できなかった」

「貴女《あなた》は、なんでそんな――」

「いいじゃん。そのおかげで色々わかったんだし！　怒らないでよー」

紫の煽《あお》るような言葉に、キリヤはなにかを言いかけて、すべてを呑み込んだ。そして、皺《しわ》の寄った眉間を揉《も》む。きっと、頭の中では紫に対する様々な文句が飛び交っているのだろう。しかし、彼はそれを口に出すことはしなかった。もしかすると、紫にはなにを言っても無駄だと思ったのかもしれない。

一瞬にして悪くなった場の空気に、光莉はわざと明るい声を出した。

「そ、それにしてもさ、なんだか本当に人が住んでそうなつくりだよね！　ゲームのために用意されたマンションじゃないみたい！」

光莉が部屋の中を見回しながらそう言うと、疲れたような表情のキリヤが「という
と？」と首を傾げた。

「いや。えっとストーリーがあるっていうのかな？　きっと夫婦と子供一人の穏やかな家族だったんだろうなぁって。子供は女の子で、鳥のぬいぐるみが大好き。お父さんの趣味は読書で、お母さんの趣味は絵かなー、とか」

「でもさぁ、それならなんで『家族』じゃなくて『夫婦』なんだろうね」

そんな疑問を口にしたのは、いつの間にそんなところに移動したのだろうか、ふてぶてしくもソファに寝転んでいる紫だった。彼女の手にはパンフレットがある。

「このゲームのタイトル『星夜夫妻の部屋からの脱出』だよ。三人家族なら『星夜夫妻』じゃなくて『星夜家』って書くべきなんじゃない？」

「あ。それは、確かに……」

「でしょ？　なんか変だなぁってずっと思ってたんだよね」

紫が言いながらパンフレットをめくる。同時にキリヤは口元を手で覆う。そして、しばらく考えた後「ああ、なるほど」となにかに思い至ったかのような声を出した。

「なにかわかったの？」

「つまり、僕たちはこのパンフレットに従うべきなんですよ」
キリヤの唐突な言葉に光莉は「ん？」と首を傾げた。
「土方さんに言われたでしょう『迷ったら、こちらのパンフレットに従ってくださ
い』と。そしてパンフレットに書かれている『間違いを見つけて、謎を解こう！』と
いう文章。つまり正しいのはパンフレットの方で、間違っているのはマンションの方
なんです」
「ごめん。ちょっとよくわからない」
光莉がまるで挙手するように顔の前に手のひらを掲げた。キリヤは全く話について
いけていない二人にもわかるように、噛《か》み砕いて説明してくれる。
「先程、胡蝶さんが言ったこと、そのままですよ。つまり、ここには夫婦二人しか住
んでない。パンフレットではそういう設定になっている。それが従わなくてはならな
い条件。だから、気にするべきは、いるはずのない子供の存在。ここで言うところの
『間違い』は子供の存在なんです」
「つまり、子供部屋を調べろってこと？」
「そうですね。子供部屋はもちろん念入りに調べる必要があると思います。その他に
も、例えば家族で撮った写真や、子供の予定が書き込まれているカレンダー。子供向
けのテレビゲームソフト。子供用の割れない食器。……胡蝶さん、その手に持ってい

るものは？」

「ああ、これ？　さっき子供部屋で見つけたの。星座早見盤」

キリヤが胡蝶に手を差し出し、彼女はその手に星座早見盤を置いた。受け取ったキリヤはそれをじっと見つめたり、めくったりしたあと、わずかに口角を上げる。

「これは、得意分野ですね」

「得意分野？」

「これ、暗号ですよ。言うなれば『回転グリル型』の亜種でしょうか」

キリヤは星座が描かれている円盤をめくり、すぐ下の台紙を二人に見せた。

「これって！」

そこには同心円状にびっしりとひらがなが並んでいた。

「暗号において『グリル』というのは、長方形の穴がいくつか空いた板のことを指します」

キリヤはローテーブルの上にあるブロックメモから二枚紙を剝がした。そして、ペン立てからはさみとペンを取ると、二枚の紙を加工し始める。

「回転させないグリル暗号は、まずグリルと同じ大きさの紙を用意し、グリルのほうが上になるように紙を重ねます。そして、空いている長方形の穴に相手に伝えたい内容を書き込んだあと、グリルを外し、空白を意味が通じるように文字で埋めます」

言いながら、キリヤははさみで一枚目の紙に四角い穴をいくつか開けた。そして、あっという間に簡易なグリル暗号を作り上げてしまう。

「なるほどね。このグリルってやつをもう一枚作って相手に持たせておけば、重ねるだけで暗号が解けるってわけね」

キリヤが作ったグリル暗号を手に取りながら、紫は感心したような声を出す。

「で、回転グリル型っていうのは？」

「名前の通り、グリルが回転するんですよ。下の暗号文も上に重ねるグリルも正方形にしておいて、九十度ずつ回転させるんです」

「回転？」

「例えば、八×八の正方形グリルで、空いている穴が四つだとするじゃないですか。すると、〇度、九〇度、一八〇度、二七〇度、と、それぞれ四つずつ——合わせて十六文字の原文が現れるというわけ

グリル暗号

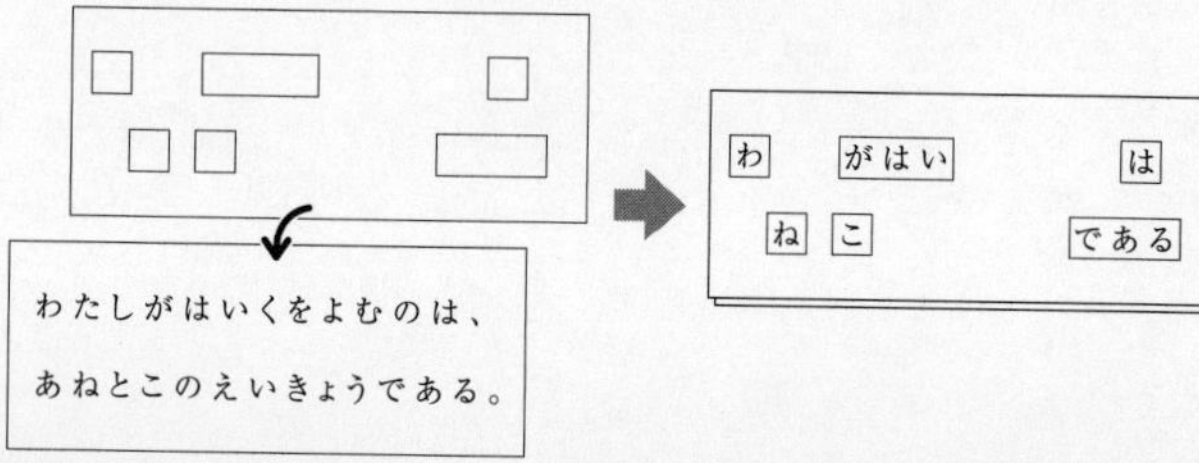

わたしがはいくをよむのは、
あねとこのえいきょうである。
わ
がはい
は
ね
こ
である

です」

その説明に、光莉はキリヤの手元にある星座早見盤を見つめながら首を傾げた。

「でも、星座早見盤には穴は空いてないし、正方形じゃなくて円盤だから、どれぐらい回転させればいいかもわからないよ？」

「穴を開ける場所は簡単ですよ。――夏の大三角です」

キリヤがすんなりとそう答え、光莉と紫は目を大きく見開いた。

「二人とも、子供部屋は見たでしょう？　あの部屋には一際大きな鷲と白鳥のぬいぐるみがあった。ついでに言うなら、あの子供部屋の持ち主の名前は琴子です」

「あ！　わし座と、はくちょう座と、こと座？」

「そうです。夏の大三角を構成する星は、わし座のアルタイル、はくちょう座のデネブ、こと座のベガです。あの子供部屋自体がヒントだというのならば、穴を開ける箇所は夏の大三角です」

キリヤは先の尖《とが》った鉛筆を持ち出し、星座早見盤のアルタイルに先を押し当てた。

「ちょっと待って！　これって備品じゃないの？　傷つけても大丈夫？」

「大丈夫だと思いますよ。土方さんは『謎を解くという目的以外で備品を汚したり壊したりしてしまった場合もゲームオーバーです』と言っていただけです。これは充分、『謎を解く目的』にあてはまると思います。むしろああ言うってことは、『謎を解くためには備品を傷つける必要がある』という意味にも取れると思います」

　言いながら、キリヤは少しも躊躇《ちゅうちょ》することなく夏の大三角に穴を開けた。

　この時点で土方が飛び込んでこないあたり、キリヤの予想は合っているようだ。なんといっても、いまキリヤたちの行動は監視カメラによって筒抜けなのだから。

　円盤をくるくると回すと、穴を開けた場所に文字がちょうど当てはまる。

「次は、どのくらい回転させるか、だよね？」

「星座早見盤って日にちと時間を指定して星座を見るじゃない？　つまり日付と時間が記されてるものを当てはめてみれば？」

「そうですね。あと、要素として足すのは、やはり子供の存在でしょうか……」

　そこからは手分けをして『日にちと時間が特定できそうなもの』でかつ『子供に関係ありそうなもの』を探すことになった。そして、あっという間にそれらは集まった。

　家族写真の裏側に記された日付と時間――九月三十日七時。

　カレンダーに書き込まれている子供の習い事の予定――二月十八日十七時。

　子供が生まれた日にちと時間――七月六日一時。

　子供部屋にある、止まってしまったデジタル時計――五月二十一日二十二時。

　光莉たちは星座早見盤の円盤をくるくると回す。

　そして、一つのひらがなの羅列を導き出した。

『せんや　いちや　ものが　たり。』

「ん？　ちょっと待ってよ。確かこれってアルファベットで入力するんだよね？　ひらがなの答えが出てきちゃったけど……」

現れた答えに首を傾げたのは紫だった。

キリヤはそんな紫の疑問に答えつつ、玄関に向かう。

「ここまでくれば、あとはただの連想ゲームですよ。『千夜一夜物語』というのは、アラビア語で書かれた物語集のことで、その中にある『アリババと四十人の盗賊』は日本でもかなり有名な作品です」

「なんかそれ、聞いたことあるわね。確か盗賊が洞窟の中に宝物を隠して、それを主人公が見つける話とかじゃなかった？」

「あ！　財宝の隠された岩の扉を開ける――！」

「そう。子供の頃、誰もが唱えた呪文ですね」

キリヤは暗証番号式錠のボタンを迷うことなく押した。ピ、ピ、ピ、という電子音とともに横長の電子パネルに黒い丸が映し出される。そして、キリヤが最後のボタンを押すと同時に、黒い丸は一瞬にしてアルファベットに変わった。

『OPEN SESAME』

「ひらけゴマ……!」

光莉がそうつぶやくと同時に、宝物庫への鍵がガチャリと鳴った。

4

「おめでとうございます。賞金を用意してまいりますので、こちらでお待ちください」

やっぱりニコリともせず、土方はそう言って部屋の奥に消えた。

そこは、光莉たちが脱出ゲームをした隣の部屋だった。鍵は暗証番号式錠ではなく、タッチ式のカードキータイプのもの。どうやら先ほどまでいた部屋の鍵は脱出ゲームのためだけに取り替えられているらしい。

二人に挟まれるような形でソファに座っている光莉は、上機嫌な紫を目の端に置きつつ、キリヤに耳打ちをした。

「本当に賞金もらえると思う?」

「どうでしょう。怪しいのは変わりませんが、脱出ゲームはきちんとしたゲームでしたし、五分五分ってところじゃないですか？……七瀬さん、警察手帳は？」

「大丈夫。一応、持ってきてるよ！　あと、このジーンズ超動きやすいやつ。めっちゃ伸びる！」

「……そのジーンズの伸縮性が発揮されないことを祈ります」

そんな荒事はごめんだと言外に言われ、光莉も「そ、そうだね」と声を上ずらせた。腕っぷしには自信があるが、ヤのつく自由業を営んでそうな厳つい大男が複数人で現れたら、さすがにどうにもならない。

「な、なんか、別の意味で緊張してきた。大丈夫かな……」

「それなら、胡蝶さんだけ置いて帰りますか？　僕は一向に構いませんが」

「私は構います！　さすがにこんな意味不明な状況に、友達一人置いて帰れないよー」

そんな会話を交わしているときだった。

「皆さん、こんにちは」

先ほど土方が消えた方向から、聞いたことのない女性の声がした。三人は殆ど同時に声のした方向を見る。そこには一人の女性の姿があった。

彼女は一言で言うならば、上品なおばさま、といった感じの風体だった。年齢は六十代から七十代あたりだろうか。ふわふわのグレーヘアーは短く整えられていて、首元には控えめだが高そうな宝石が輝いている。グレーのパーカーニットに合わせているのは黄色いパンツで、背筋に一本針金が入ったようなシルエットは、とても綺麗《きれい》で若々しく見えた。

そんな彼女の手には黒いお盆があった。上には三つの茶封筒が等間隔に並んでいる。

女性は会釈したあと、三人の前に腰掛けた。

「この度はおめでとう。あのゲームをクリアするなんて本当にすごいわ」

そう言って、女性は三人の前にそれぞれ茶封筒を滑らした。そこでようやく光莉はその茶封筒に賞金が入っていることに思い至る。しかし、いまはそんなことより目の前の女性だ。光莉の予想が間違っていなければ、きっと彼女が――

「もしかして、貴女がこのゲームの主催者なんですか？」

気がつけば、思ったままが口から転がり出ていた。女性は、にっこりと微笑《ほほえ》む。

「ええ、そうよ。もしかして、予想と違ったかしら？」

「あ、いえ。その……」

なんと答えるのが正解かわからず、光莉の口は意味のない言葉をぽろぽろと零《こぼ》す。

たしかに先ほどまで頭の中に浮かんでいたのは、スーツ姿の大男だ。目の前の女性とは何もかもがかけ離れすぎている。言葉を探している光莉のかわりに口を開いたのはキリヤだった。

「どうして貴女は、こんなゲームを企画したんですか？」

女性は口元に笑みを浮かべたまま、キリヤに視線をスライドさせた。

「それはね。優秀な方を選別するためよ」

「優秀な方？」

「私にはね、どうしても開けたい鍵があるの」

女性はそこで話を一旦切り、背筋を伸ばした。

そして、三人に向かって深々と頭を下げる。

「どうか、主人が遺した倉庫の鍵を、開けてはいただけませんでしょうか？」

女性は水無瀬《みなせ》晶絵《あきえ》、と名乗った。

曰《いわ》く、彼女は今年のはじめに亡くなった世界的画家、水無瀬伎一《きいち》の妻だという。

彼女の望みは、水無瀬伎一の絵が収められている倉庫の鍵を開けること。そのためにこんな大掛かりなゲームを企画し、鍵を開けてくれる優秀な人間を探していたという。

光莉は晶絵の話を聞きながら土方が語ったルールを思い出していた。『スマホで外部に連絡をとってもいい』や『再チャレンジができない』というルールは、きっと

『外部にそれだけのツテがある人間はほしい』『再チャレンジしなければ謎を解けない人間はいらない』という主催者の声だったのだ。

「主人はとても慎重な人で、私にも鍵の暗証番号を教えてなかったの。私もそんなに気にしたことがなくて、聞いたこともなかったわ」

「暗証番号?」

キリヤはそう聞き返した。どこかで聞いた話だと思ったのだろう。

それを肯定するように、晶絵《あきえ》は一つ頷いた。

「ええ。実は今回の脱出ゲームで使用した暗証番号式錠は、開けてもらいたい倉庫の鍵とほとんど同じものなの」

「ほとんど?」

「ボタンの数が違うのよ。貴方達《あなた》に解いてもらったものには、二十六個ボタンが付いていたでしょう? けれど、倉庫のボタンは十個なの」

「十? つまり、数字ということですか?」

一から九までと〇を合わせた、十個の数字が当てはまるのではないかとキリヤが聞くと、晶絵はゆるく首を振る。

「わからないわ。もしかするとそうかもしれないし、そうじゃないかもしれない」

「つまり、今回と同じようにボタンにはなにも印字されていないというわけですね」

晶絵は力なく「ええ」と頷いた。

「あの、無粋なことを言うようですが、鍵屋さんを呼んだらいいんじゃないですか？」

口を挟んだのは紫だ。晶絵は困ったように眉根を寄せて、薄く笑った。

「鍵屋さんは色々お願いしてみたのだけれど、どの方も開けられないって言ってたわ。あの鍵、特注品なのよ。だから、普通に開けるのはちょっと難しいみたい」

「まあ、仗一さんの絵が収められているのならば、それぐらいのセキュリティは施されて然《しか》るべきでしょうね」

キリヤが頷いたときだった。突然、紫が「あ！」と声を上げ、晶絵にかぶりつく。

「もしかして、仗一さんって『KIICHI』ですか？　少し前に、『Lu Lanty』とコラボしてた？」

晶絵が驚きつつ「ええ。そうよ」と答えると、紫はさらにテンションを上げた。

「わ、すごい！　私、そのときのバッグ買いましたよ！　めっちゃ高かったけど、その分めっちゃ可愛くて！　もう、最高！　って感じでした！」

「うふふ、ありがとう。実はあの企画ね、私が持ってきたのよ。『Lu Lanty』の社員とたまたま懇意にしていてね。でもあの人、最初はあまり乗り気じゃなくて」

「え!?　そうだったんですか!?」

「そうなのよ。それがね――」

晶絵と紫の間で話に花が咲く。光莉はそんな二人を視界に収めながら、隣のキリヤの服の裾をついついと引っ張った。するとキリヤが『どうかしましたか？』というような顔でこちらを見下ろしてくる。光莉は晶絵に聞こえないように、彼に身を寄せて声を潜めた。

「ごめん、キリヤくん。私、水無瀬伎一さんって人、よく知らなくて。そんなにすごい人なの？」

「知らないんですか？　世界的に有名な方ですよ？」

「いや、さすがに名前ぐらいは聞いたことがあるんだけど、それ以外はなにも。どんな絵を描いているのかも、さっぱりで……」

光莉は苦笑いを浮かべながら鼻の頭を掻いた。そんな彼女に、キリヤは「そうですね……」と口元に手を当てる。どこから説明すればいいのか迷っているのだろう。

「それなら、見てもらったほうが早いんじゃないかしら」

そう言ったのはキリヤではなく、光莉たちの正面に座る晶絵だった。彼女は光莉の前に一冊の美術雑誌を滑らせる。どうやらキリヤとの内緒話は、全部晶絵に筒抜けだったようだ。

「昔ね、雑誌に特集を組んでもらったの。絵もいくつか載っていたと思うわ」

「なんかすみません。世間知らずで……」

「謝らないで。あの人も私も、みんなが『水無瀬伎二』のことを知っているだなんて、そんな傲慢なこと思っていないわ」

晶絵は雑誌を広げながら口元に優しい笑みを浮かべる。

広げたページには色鮮やかな絵がいくつも載っていた。モチーフは様々で、花や動植物を描いたものもあれば、ぱっと見ではなにを描いているのかよくわからない抽象画のようなものもある。

「綺麗……」

「でしょう？　写真からでも、あの人の絵の迫力は伝わってくるわよね」

「それになんだか、こう、人目を引く色使いですよね！」

光莉が感想を述べると、晶絵は嬉しそうに「あら、わかるの？」と声を高くした。

「色は、あの人が絵でもっともこだわっていたことの一つね。よく業者に頼んで、オリジナルの絵の具を作っていたわ」

「絵の具から!?」

「そう。顔料や糊《のり》の配合をミリグラム単位で調整してね。あの人だけの、その作品だけの、オリジナル絵の具を作るの。急に絵の具が足りないって場合は、私が作るようなこともあったわ」

「晶絵さんが？」

「えぇ。絵の具って材料さえあれば意外と簡単に作れるものなのよ？　基本は顔料と糊を合わせたものだし」

「でも、絵の具が足りないときって、元の絵の具とまったく同じ色を作るってことですよね？　そんなことできるんですか？」

なんせ相手は、顔料の配合をミリグラム単位でこだわる画家だ。彼を満足させることができる絵の具を、光莉は作る自信がない。

「その辺は、私も絵を描いていたから」

「え？　晶絵さんも画家だったんですか!?」

「ええ、短い間だけれどね。それと、私は人より少しだけ目がいいのよ」

「目がいい？」

「絶対音感ならぬ、絶対色感ってやつね。昔から、色の構成がなんとなくわかるのよ。何色が使われているか、どのような割合で配合されているか、とかがね？」

「なんか、すごいですね！」

「といっても、画家になるような人間は多かれ少なかれ持ってる能力なのよ？」

晶絵はそう謙遜しつつ、朗らかに笑った。

光莉が思っている以上に『水無瀬伎一』は有名な画家だったらしく、油絵や水彩画、パステル画のような一点ものの原画の相場は数億円。版画でも数十万円から一千万円ほどの値がつくと雑誌に書いてあった。確かにこれらの絵を保管しておくための倉庫には、そんじょそこらの鍵はつけられないだろう。

光莉はページを捲る。すると今度は、今よりも少しだけ若い晶絵と伎一だろう男性が、並んで写真に収まっていた。どうやらインタビュー記事のようで、内容は二人の過去に向けられていた。

親の反対を押し切って、駆け落ちするように一緒になった二人。しかし、伎一が画家として大成するまでの生活は大変苦しく、電気や水道が止められるのは日常茶飯事。お米を分けてほしいと隣近所に頼んで回ることもしょっちゅうで、ひどいときにはそこら辺に生えている草花を調理し、飢えを凌《しの》ぐようなこともあったという。

『不知火《しらぬい》さんに出会うまでは、本当に大変でした』

インタビューの中で伎一はそう語っている。どうやら、不知火というのは伎一の専属の画商らしい。彼との出会いが伎一の画家としての転機だったという。

光莉が記事を熟読していると、晶絵が「やだ、ちょっと。そこまでは読まないで。恥ずかしいわ」と頰を赤らめて雑誌を取り上げた。恥ずかしそうに雑誌を胸に抱く晶絵は、どこか初々しい。

「何億円っていう絵が何枚も眠ってるなら、確かに倉庫の鍵は開けたいですよねー。

あ！　それなら、扉を壊すとかはどうですか？」

提案したのは紫だ。しかし、晶絵は再び首を横に振った。

「扉は壊そうと思えばきっと壊せると思うの。防犯のためにすごく頑丈に作ってあるけれど、戦車が突っ込んできても壊れないほどの強度はきっとないでしょうから。でも、できれば最後の手段にしたいのよ」

「あぁ、中の絵が傷ついちゃいますもんね。それで価値が下がったら、元も子もないですしねー」

「そうね。もちろん、絵の価値も大切ね」

紫の同意に晶絵は少し困ったように微笑んだ。

「だけど私は、倉庫の中にあるのが価値のある絵だから鍵を開けたいわけではないのよ。あの人が遺したものだから、鍵を開けて受け取りたいの。中にあるものがたとえどんなものでも、私はこうやって誰かに鍵開けをお願いしていたと思うわ」

晶絵はそこまで話し終えると、光莉たちの顔を順番に見た。

「それで、お話、受けていただけるかしら？」

その言葉に、光莉は左右に座る二人の顔を交互に見た。キリヤも紫もなんともいえない表情を浮かべている。話には同情するが、だからといって受けるのもどうかと思っているのだろう。快諾するとはいえない雰囲気を察したのか、再び晶絵が口を開く。

「無理強いするつもりはないわ。嫌だと言うのならば、このままお金を持って帰ってもらって大丈夫よ。……ただ、少しでも興味があるのならば、協力してもらえないかしら？」

「それは……」

「主人は今年の一月に、大腸癌《だいちょうがん》で亡くなったの。見つかったときにはもうどうにかできる時期を過ぎていてね。手術や抗がん剤も試してみたのだけれど、あまり効かなかったわ。身体はどんどん衰弱していって。最初は元気だったのだけれど、入院して一年ほどでもうベッドから起き上がれない状態にまでなってしまったわ」

当時を思い出しているのだろう、晶絵は膝の上で両手を握りしめる。

「死ぬ直前、彼は私に言ったのよ。『倉庫の中……』って。酸素マスクの中で苦しそうにね。それだけ言って、逝ってしまったの」

ピンと空気が張り詰める。いつも明るい紫さえも、黙って晶絵の話を聞いていた。

「私は、主人が遺したものを受け取らないといけないの。それが、あの人よりも少しだけ長く生きてしまった、私にできることだと思うから」

晶絵はそう言って形の良い唇を引き上げる。

光莉は反射的にキリヤの方を見た。なぜなら光莉は、晶絵の言葉がキリヤに刺さることを知っていたからだ。晶絵とまったく同じ気持ちを、『大切な人が遺したものを、受け取りたい』という気持ちを、キリヤも四年近く抱えて生きてきた。

「……検討します」

キリヤがどういう答えを出すのか、光莉はもうわかってしまったような気がした。

5

脱出ゲームから一週間後、キリヤと光莉の姿はとあるクルーザーの上にあった。向かう場所は七曜島《しちようとう》。そこは元々とある貴族が持っていた島で、相続した人間が管理できず荒れ放題の無人島になっていたところを、伎一が見初めて買い取ったという。そこにある水無瀬邸が、今回の目的地だ。

クルーザーを操縦しているのは、土方遼。最初にゲームの案内をしてくれた人物だ。土方は水無瀬夫妻の――いまは晶絵の、使用人だという。

波をかき分けて進むクルーザーの様子に、光莉は「わぁ！ すごーい！」と幼子のような声を上げたあと、背後のキリヤを振り返った。

「えっと。キリヤくん、大丈夫？」

「平気です……」

そうは言うが、声は少しも平気そうではない。彼は長い手足を折り曲げてぐったりとその場にしゃがみこんでいる。

そう、彼は船酔いしていた。どうやらキリヤは乗り物全般があまり得意ではないらしい。先程までは船の中にいたのだが、少しでも風に当たったほうが楽になると思い、光莉がキリヤの手を引き、船の後方部分まで連れてきていたのだ。しかし、風に当たろうが日に当たろうが、彼の具合がよくなる気配はない。

「もう一度船内に戻る？」

「いえ。もうできればこの場から動きたくないです」

いつもより白い顔で、キリヤは弱々しくつぶやく。

「七瀬さんは大丈夫なんですか？」

「あ、うん！　私、乗り物酔いの類、経験したことないんだよね！　荒波に揉まれる船の中でも、山道を進むトラックの中でも、わりとケロッとしてられる！　ジェットコースター系も怖いと思ったことないし。バンジージャンプも大好きだよ！　もちろん、怖いは怖いけど！」

「同じ人間として、信じられないですね。ああ、もしかして人間じゃないのか」

「……酔いながら、よくそんな失礼なこと言えるよね？」

なんだかちょっと感心してしまい、光莉はわずかに肩を揺らしてしまう。そんな彼女の様子をキリヤはうらめしそうに見上げていた。

しばらくそうしていると、わずかに元気を取り戻したキリヤの声が鼓膜を揺らした。

「それにしても、大丈夫なんですか？」

「ん？　だから——」

「そっちじゃなくて、仕事です。なにも僕に付き合わなくていいんですよ。胡蝶さんのように『無理！』と清々《すがすが》しく言ってくれても、僕は一向に構いませんし」

そもそもの言い出しっぺである紫は、仕事があるからと不参加だ。彼女としては欲しかった十万円が手に入ったので、これ以上厄介事に首を突っ込む必要がないのだろう。全く引き際をちゃんと見極めている人間である。

光莉は、しゃがみこんでいるキリヤの隣に自らも腰を下ろした。ボートが波をかき分ける音とエンジン音がうるさくて、顔が近くにないとなかなか声が届かないのだ。

「そういうわけにもいかないよ。だって、キリヤくんを巻き込んじゃったのは、私だし」

「今回のことに関しては、僕は勝手に巻き込まれたんです。七瀬さんが気にすることないと思いますけど」

「だとしても、学生一人をよくわからないところに行かせるわけにはいかないよ！」

「学生学生って言いますけどね。僕、一応、二十歳なんですが」

「あ、そうなんだ。ってことは大学――」

「二年生ですよ」

「大学二年生！　わかーい！」

「……言っておきますが、四つしか変わりませんからね？」

不快感を顔に貼り付けて、キリヤが声を低くする。『若い』というのは褒め言葉のつもりだったのだが、どうやら彼は『青い』と取っているようだった。

キリヤは長い手足を無理やり小さくまとめたような格好で、疲れきったようにため息を吐く。その様子に、光莉は少しだけ申し訳ない気持ちになった。

「なんかごめんね？」

「なにがですか？」

「もしかして、一人で来たかった？」

「……そうは言ってないです」

少しバツが悪そうな顔で、彼は光莉から視線を外した。

「ただ、仕事もあるのに付き合ってもらって申し訳ないな、と思っているだけです」

「ああ、そんなこと？　それなら大丈夫だよ。これ一応、仕事の一環で来てるから！」

「仕事の一環？」

「うん！　といっても、晶絵さんの家に行くって言ったら、二課の人から『ちょっと様子を見てきて、できたら話も聞いてきてくれ』って頼まれただけなんだけどね」

「二課から？　……何かあったんですか？」

船酔いをしているはずなのに、キリヤはいつもの調子を取り戻したかのように、そう身を寄せてきた。

「実はね、晶絵さん、前に詐欺の相談をしに来てたみたいで……」

「詐欺？」

「なんか、佐一さんが亡くなる直前に預金口座から多額のお金が引き出されてたんだって。それも、なんか億を超えるとか」

その金額に、キリヤも驚いたようで「億？」と声を上げた。

「うん。それと引き換えに、どこにあるのかもわからない山奥の土地の権利書が屋敷に送られてきたらしくて。晶絵さん、佐一さんが騙《だま》されて二束三文の土地を高額で買わされたんじゃないかって思ってるみたい」

「たしかにそれは、詐欺のように見えますね」

「でしょう？　でも、晶絵さんがそのことに気がついたのは、佐一さんが亡くなってからで。結局、本人の意志とか確認できないから、詐欺としてはどうにも立件できなくてさ……」

「まあ、お互いに同意していたと言われれば、それまでですからね。でも、実際に土地の権利書が届いたんですから、土地の前の持ち主を当たればなにかわかることもあるんじゃないですか？」

「二課の人たちもそう思って、土地の前の持ち主に話を聞きに行ったみたいなんだけど。その人『急にきれいな男の人が来て、ほったらかしにしてた山の土地を一千万円で買ってくれた』って言ってたらしいんだよね。んで、その人自身は、まったく伎一さんのこと知らなかったみたいでさー」

「ということは、土地の前の持ち主のところに現れた『きれいな男性』とやらが、詐欺師である可能性が高いってことですね」

「うん。二課もそう思ってるみたい。動いた金額も数億円と一千万円じゃだいぶ違うからね。でも、書面上は前の持ち主から伎一さんに土地が渡っているようになっていて、もうお手上げ状態！　お金も振込みじゃなくて現金で渡してたみたいでね。結局そこからも追えなくて……」

言いながら光莉は『お手上げ状態』を表すように両手を顔の横に上げた。

「そういったことで立件はできなかったんだけどね。二課としては、相手が世界的に有名な画家の奥さんで、詐欺でとられたお金が億超えてるって話だから、なんとか相手を割り出して逮捕・起訴までもっていきたいって気持ちがあるみたい」

「つまり七瀬さんは、その後なにか新しい情報が見つかってないかを晶絵さんに聞きに行くんですね？」

「うん。そゆこと」

そこまで話したところで、ちょうど船のスピードが落ちた。腰を上げてあたりを見回せば、もうすぐそこに船を停める桟橋が見える。

「キリヤくん。もう少しで着くよ。……立てる？」

光莉はキリヤに手を伸ばす。

「一人で立てますよ」

そう言いつつも、彼は素直に光莉の手を取った。

6

もともとあった貴族の屋敷を改装したそこは、一人で住むにしては、いや、家族で住むにしても、すごく大きな屋敷だった。

広い敷地に、英国貴族の邸宅を思わせるような石造りの洋館。四季咲きのバラが咲き誇る整えられた庭園。海を一望できる小高い丘の上にそびえ立つ水無瀬邸は、間違いなく、七曜島のシンボルマークだった。

「主人の闘病に付き添っていたときはまったく帰っていなかったし、いまは東京のマンションで過ごすことが多いのだけれど、やっぱり思い出が詰まっているのはこっちなのよね」

屋敷に着くなり興奮した光莉が「すごい」「すごい」と繰り返すのを見て、晶絵は優しい笑みを浮かべつつ、そんなふうに説明してくれた。

屋敷は外観だけではなく、内観も素晴らしかった。

両開きの扉を開けて入った先には広々としたホール。赤い絨毯《じゅうたん》が敷かれたそこにはグランドピアノが堂々と鎮座していた。左官が塗ったと思われる白い壁は少しもくすんでおらず、こげ茶色の建具がいいアクセントになっている。ところどころにあしらわれた金も、屋敷の上品さを際立たせていた。

「お二人は、お泊まりになるのよね？」

先導していた晶絵が振り返りつつそう問う。光莉が「はい。お世話になります！」と元気よく返すと、「お願いしたのはこちらなのだから、そんなにかしこまらないで頂戴」と目尻のシワを深くした。

「二階の方に部屋を準備させたから、とりあえずはそこに荷物を置きましょうか？　準備ができたら下の応接室へ来てくださる？　そこで色々説明するわ。……と言っても、大した説明があるわけではないのだけれど」

晶絵はもう一度笑って、二人の後ろにいた使用人――土方に目配せをする。すると、わかりましたというように土方が一度頭を下げて「お二人共、こちらです」と晶絵のかわりに二人を先導し始めた。ホール横にある階段を上がり、二階にたどり着くと、左手に二人の部屋があった。

「七瀬様がこちらを。九條様があちらをお使いください」

テキパキと土方は部屋を案内し、注意事項を二人に告げていく。注意事項と言っても堅苦しいものではなく、トイレの位置や夕食の時間、風呂の時間などを簡単に説明されただけだった。

「内線などはありませんので、もし何かありましたらこちらの方にお願いします」

土方はスーツのポケットから名刺を取り出すと、持っていたペンで裏側に携帯電話の番号を書き込み、二人に渡した。

「それでは、荷物を置かれましたら一階に。階段を下りた先でお待ちしています」

そうして、土方はやっぱり愛想笑い一つすることなく、その場を去ってしまった。

残された二人は部屋の前で顔を見合わせる。

「なんか雰囲気のある洋館ですね」

「だね。すごくきれいなぶん、夜になるとおばけでも出そう」

「おばけ？」

「え？　出そうじゃない？　おばけ」

光莉はおばけを表現するように顔の横で手を垂らす。

キリヤはそんな彼女を見て、わずかにふきだした。

「おばけはわかりませんが、これがミステリー小説なら殺人事件でも起こりそうなシチュエーションだなって思ってました」

「殺人事件!?」

「よくあるじゃないですか。孤島の洋館に閉じ込められて……ってやつ。電話線を切られて、海は大しけで、誰にも助けが呼べないまま連続殺人が進行していくやつです」

確かにあり得そうなシチュエーションである。こういうのを何ていうんだったか。そうだ、クローズドサークルだ。

「この屋敷の中に連続殺人犯が!?」

「いるわけがないでしょう？　ちなみに、明日も明後日も天気予報は晴れですよ。電話線が切られてもスマホがありますし、クローズドサークルになるような要素はなにもありません」

「でも、もしもってこともあるしさ！」

「もしも、ねぇ」

「キリヤくん。もし怖い人が現れたりしたら言ってね！　駆けつけるから！」

光莉が勇気づけるように拳を握りしめると、キリヤは片眉を上げた。

「七瀬さんって、おばけは駄目なくせに、犯罪者は平気なんですよね」

「いや、ほら。犯罪者は殴れるし、投げられるし、押さえ込めるから！」

光莉がそう雄々しく答えると、キリヤは光莉から視線を外し、手で口元を隠した。指の隙間からわずかに覗く口元は、弧を描いている。何が面白かったのかはわからないが、どうやら笑われているらしい。

キリヤはその表情のまま、言葉を続けた。

「ま。とりあえず、荷物を置いてきましょうか」

荷物を置いて、先ほどよりは多少身軽になった二人は、並んで階段を下りる。すると、言っていたとおりに、土方が階段下で待っていた。そのままホール隣の応接室に入ると、中では晶絵が紅茶を飲みながら二人を待っていた。促されるまま彼女の前に座ると、二人にも紅茶が差し出される。顔をあげると紅茶を差し出してきたのは土方だった。いつの間に……と思っていると玄関のチャイムが鳴る。こんな孤島に来客があるのだろうかと思ったが、綺麗に整えられた庭園を思い出し、たしかに一人で管理するのは難しそうだと思い直した。

土方は晶絵と短いアイコンタクトを交わし、部屋から出ていく。

「なんか、阿吽の呼吸って感じですね」

息の合った二人の様子に光莉がそう言うと、晶絵は笑った。

「うふふ、ありがとう。でも、これはね。私じゃなくて土方がすごいのよ。あの子はまるで私達の心が読めるようなのよ。望んでいることがなにも言わなくてもわかるみたいなの」

水無瀬夫妻には子供はいなかったはずだ。もしかすると、夫妻にとって土方は子供のような存在なのかもしれない。光莉は晶絵の朗らかな顔を見ながらそう思った。

「それでは本題なのだけれど。お二人にはまず、ルールと条件を話しておこうと思って」

「ルールと条件？」

「ええ。私が倉庫の鍵開けをお願いするにあたって、これだけは守ってほしいというルールと、鍵を開けられたときの成功報酬の話よ」

晶絵は二人の前にA４サイズの用紙とボールペンを置いた。用紙の方は契約書のようなものらしく、紙の下の方にはサインをする場所があった。

「主なルールは三つよ」

晶絵は指を三本立てて説明を始めた。

ルール①『鍵開けに挑戦するときは、必ず晶絵を呼ぶこと』
ルール②『鍵を開けても扉は絶対に開けないこと。中身のことも聞かないこと』
ルール③『成功しても失敗しても、このことは誰にも言わないこと』
「倉庫を開けてもルールを守ってもらえなかった場合、報酬は全額返してもらうわ。特に三つ目のルールは、必ず守っていただきたいわね。絵の価格を知っている人がむやみやたらと押しかけてくるのも迷惑だし、防犯上のこともあるから。三つ目のルールは、破ったとわかった段階で弁護士に相談させていただくわ」
その言葉に、光莉はSNSにこの屋敷の情報が出てこない理由がわかった気がした。そもそも最初のゲームをクリアできる人間がすごく少ない上に、彼らはこうやって晶絵と約束を交わすのだ。これではなかなか情報が出てこないはずである。
「お願いしている立場なのに、こんなことを言うのもどうかしていると思うのだけれど。どうか、気分を害さないでちょうだいね」
「大丈夫です。この屋敷に来る人がみんないい人とは限りませんもんね。自衛は大切だと思います」
光莉の答えに晶絵は「ありがとう」と嬉しそうに微笑んだ。
「次に報酬なのだけれど、もし開けてくださったらお一人につき百万円お支払いするということでどうかしら？」

「ひゃくまんえん!?」と光莉がひっくり返った声を上げる。隣のキリヤも驚いているようだった。

「もちろん口止め料も含めて、よ」と晶絵は笑う。

「それでいいかしら？」

「僕は、特に問題ありませんけど……」

「わ、私は、お金は結構です！」

光莉の宣言に、キリヤと晶絵は彼女の方を見た。

「その代わり、と言ってはなんですが。後で、以前ご相談いただいた詐欺のことについて、もう一度お話を伺ってもよろしいでしょうか？　二課の者に様子を聞いてくるよう頼まれまして……」

「ああ、貴女は刑事さんだったわね」

晶絵が思い出したようにそう言った。

一週間前、脱出ゲームをクリアした賞金として晶絵から十万円を差し出されたとき、光莉は自分が刑事だということを彼女に明かしていた。そして同時に、賞金の受け取りも辞退していた。中立、公平であることが前提である公務員として、誰かから何かを貰《もら》ったり、渡したりというのは原則してはいけないことだからだ。もちろんプライベートなら問題はないのだが、晶絵と光莉は友人でもなければ親戚でもない。関係性としては一般市民と警察官というのが一番近いだろう。

「貴女がそれでいいのなら、私はそれで構わないわ。詐欺というと、前にご相談した件のことよね？　願ってもないことだわ。喜んで協力させていただきます」

「ありがとうございます」

晶絵が頭を下げるのと同時に、光莉も頭を下げた。

その後、光莉とキリヤは手元の書類を一読してサインをし、ようやく鍵開けに挑戦することになった。

「この屋敷は好きなように見てもらって構わないわ。私の部屋もアトリエも、自由に見てください。屋敷のことについては土方に。私に話を聞きたいということでしたら、部屋まで来てください。日中は基本的にそこにいますから」

「一つ、質問いいですか？」

キリヤはそう言って顔の前に手を上げた。

晶絵は視線で「どうぞ？」とキリヤに質問を促した。

「そもそも、暗証番号はこの屋敷を調べたらわかるものなんですか？　伎一さんが胸に秘めたまま亡くなったという可能性は？」

「それは、ない、と思うわ」

「というと？」

晶絵はキリヤの前に一枚の洋形封筒を滑らせた。キリヤはそれを手に取り中身を確かめる。光莉も隣から覗き込んだ。

「あの人が亡くなった後、枕元で見つけたのよ」

それは佼一から晶絵に向けての手紙だった。冒頭には、一人で先に死んでしまうことへの謝罪が綴《つづ》られていた。きっと、死を覚悟したときに書いたものなのだろうということが、そこから見て取れる。次に、いままでの感謝。そして、楽しかった日々が延々と記されていた。

「見てほしいのはそこじゃなくて、最後の行よ」

どこか恥ずかしそうに晶絵はそう言って、五枚あったうち最後の便箋をキリヤの手から抜き取り、二人の前に置いた。そして「ここ」と言いながら、最後の行を指で示した。

『最後になるが、倉庫の暗証番号は、君ならわかると思う。探してほしい』

そんな追伸で手紙は締めくくられていた。

「探してほしい、か」

「どうしてこんな書き方を？　ここに暗証番号を直接書いておけば……」

「それはおそらく、他の人に鍵を開けさせないためね。ここに直接暗証番号を書いておいたら、他の人が鍵を開けて中身を持ち出す可能性があるもの。先程も言ったけれど、倉庫の中には主人の絵があるの。一枚持って帰るだけでも、当分は遊んで暮らせるだけのお金になるわ」

「この手紙には『君ならわかると思う』とありますが、晶絵さんは自分で鍵を開けてみようとしたんですよね？」

「ええ。だけど、さっぱり。あの人、どうして私ならわかるって思ったのかしらね」

晶絵は苦笑を浮かべた後、「……他に質問は？」と二人を見る。その言葉に光莉とキリヤは顔を見合わせた後、ゆるく首を振った。晶絵は立ち上がる。

「それじゃ、最後は倉庫に案内するわね」


倉庫、というのだからなんとなく地下室や屋敷の隅に設《しつら》えられた部屋を想像していたのだが。意外や意外、開かずの倉庫は屋敷の中心にあった。一階ホールの右側にある小さな階段を上がった先、光莉たちの部屋からもそんなに離れていない場所だ。倉庫には前室があり、そこには鍵はかかっておらず、奥に進むと一週間ほど前に見た鍵と同じものがあった。

暗証番号式錠。

ただし、聞いていたとおりボタンは二十六個ではなく十個だ。それが何故《なぜ》か縦にまっすぐ並んでいる。

「これ、ですか」

「そう。何度間違えてもいいみたいなのだけれど、一日に試せるのは一回までみたい。それ以上はロックが掛かってしまって、翌日にならないと試せないのよ」

「カウントがリセットされるのは？」

「深夜の零時ね。ちなみに、今日はまだ誰も試していないわ」

「つまり、僕らがチャレンジできるのは二回までってことですね」

「そういうことになるわね」

光莉とキリヤはこの屋敷に一泊する予定だ。つまり、今日の分と明日の分しかチャンスは残されていない。

「しっかり考えて挑んでくれると嬉しいわ」

「わかりました」

そんな確認を終えたあと、光莉たちは倉庫の前室を出た。

三人の正面には先程上ってきた階段があり、左右には長い廊下が延びている。晶絵は階段を下りることなく、「こっちよ」と左につま先を向けた。そして、そのまま廊下を進み始める。てっきりそのまま階段を下りると思っていた光莉は慌てて彼女の後を追う。

「次はどこを案内してくれるんですか？」

小走りで駆け寄りつつそう問うと、晶絵はすぐにピタリと足を止めた。そして、こちらに微笑みを向けてくる。

「ここよ」

「ここ？――わぁ！」

感嘆の声を上げてしまったのは、そこにあった絵のせいだ。

長い廊下には、画廊のようにたくさんの絵がかかっていた。数は、ざっと見て十枚ほど。どの絵も色彩が強く、目に楽しい。

「これ、伎一さんが？」

「ええ。綺麗でしょう？　これを七瀬さんに見せたかったのよ。あの人の絵、気に入ってくれたみたいだから」

圧倒されつつ光莉が廊下を進むと、晶絵もその後に付いてくる。

「と言っても、ここにあるのは原画ではなくて印刷したものなのだけれどね」

「そうなんですか？　こんなに綺麗なのに？」

「最近は印刷技術も発達しているのよ。大丈夫、素人目にはほとんどわからないから。ここには窓があるから、オリジナルは置けないのよね」

晶絵の視線をたどるように、光莉も絵が飾ってある壁の反対側を見る。そこには大きな窓があった。そこから入った陽の光が、廊下の床を半分ほど侵食していた。

「これは、ワンカラーシリーズですか？」

そう問いかけたのは、一番後ろを歩いていたキリヤだ。

晶絵は振り返りつつ、質問に答える。

「ええ、そうよ。でも、ここにある作品は全部世の中に発表してないものなの」

「ワンカラーシリーズ？」

「伎一さんの代表作ですよ。たくさんの色を使うのではなく、たった一つの色で色彩を表現するんです」

答えたのはキリヤだ。彼の説明に頷きつつ、晶絵は更に説明を付け足す。

「モノクロ写真ってあるでしょう？　あれのカラー版ね」

「そう、なんですね」

二人のわかりやすい説明に、光莉は改めて絵を見る。おかしな話かもしれないが、そう言われるまで、絵に色が一つしかないなんてまったく思わなかった。というか、色が一つしかないとわかった今でも、絵からは額から飛び出してきそうな迫力を感じてしまう。

『並んで飛ぶ二匹の蝶』――（橙《だいだい》）
『こちらをじっと見つめる深海魚』――（黒）
『咲き誇る赤いガーベラ』――（赤）
『揺れる木々と木漏れ日』――（緑）
『太陽の下で笑う子供』――（黄）
『飛び立つ直前の青い鳥』――（青）
『熟したぶどう』――（紫）
『初夏の海』――（青緑）
『結婚衣装を纏う女性』――（白）
『心臓のように見える抽象画』――（赤紫）

「本当に綺麗ですね」

「……でしょう？」

晶絵は指先で絵の額縁をなぞる。光莉は顔を絵に向けたまま、そっと横目で晶絵を盗み見た。伎一の絵を眺める晶絵は、まるで少女のように愛らしい。

それから光莉は絵をまじまじと眺めた後、ふと思い立ったように晶絵に声をかけた。

「そういえば、この絵ってタイトルはないんですか？」

額に飾られている絵の周りには、それっぽい表示はなにもない。

晶絵は光莉の隣に並んで立ちながら「タイトル。そうね……」と唇を撫でた。彼女の正面には『心臓のように見える抽象画』がある。

「これは、マゼンタってところかしら」

「ところかしら？」

「あの人ね、ワンカラーシリーズの絵には、色の名前をつけていたのよ。自分がオリジナルで作った色には自分が名付けた色の名前をね。これは、マンセル値だと5RP 5/14あたりの色だからマゼンタ。お二人が知っている色で言えば赤紫かしら？」

おっとりとそう言う晶絵に、光莉は身体を前のめりにした。

「わ！　すごい。本当に色がわかるんですね」

「そうね。でも今はスマホのアプリでも簡単に調べられるらしいわよ。技術の進歩ってすごいわよね」

そう謙遜しつつ晶絵は、ふふふ、と上品に笑った。

光莉は、視線を晶絵から絵に戻す。見れば見るほど、話を聞けば聞くほど、自分がこれらの絵に魅了されていくのがわかる。美術の知識などなにもない光莉がこうなのだ。それなりの知識を持った人間がこの絵を見たならば、もっと深みにはまるに違いない。世界的画家の名前はダテじゃない。

「ワンカラーシリーズって、結構こだわりを持って作られているんですね。『ワンカラー』って名前もそうですし」

「そうね。白と黒も使っているのだから、私的にはスリーカラーだと思うのだけれど『ワンカラー』のほうがキャッチーだって、不知火さんが言うから」

その時、光莉の脳裏に一週間前に見た美術雑誌の記事が浮かぶ。

「不知火さんって、伎一さんの専属の画商ですよね？」

「えぇ。あの人が主人のブランディングをすべて担当してくれたわ。無名の主人を見出してくれたのも、彼。彼は私達の恩人よ」

そんな言葉とは裏腹に、晶絵の表情は曇っていた。

表情の変化を問う前に、キリヤが口を開く。

「不知火さんに暗証番号のことは聞いてみたんですか？」

「いいえ。聞いてないわ」

「聞いてみないんですか？　暗証番号自体を知らなくても、なにかヒントになるような情報を知っているかもしれないですよ」

キリヤの言葉に晶絵は少し迷った後、「聞きたくても、聞けないのよ」と口にした。

「不知火さん、行方不明なのよ。ある日突然、何の前触れもなくいなくなってしまって。……もう一年以上になるかしら」

そこで光莉は、晶絵の表情が曇っていた理由を知った。

恩人の行方が知れない。それも一年以上。

確かに、名前を出しただけで表情が曇るはずである。

「捜索願は出されているんですか？」

「ええ、家族の方が出しているわ。でも、なにも情報がなくて……」

「早く見つかるといいですね」

「ええ、本当に……」

晶絵は静かに目を伏せた。

7

それは、話を終えた三人が、階段を下りて一階に戻ってきたときだった。

ぽーんと、美しい音色がフロアに広がった。音のした方を見れば、グランドピアノの近くで誰かが作業をしている。性別は男性。こちらに顔を向けていないので正確なところはわからないが、年齢は三十代なかばぐらいだろうか。男はグランドピアノの蓋を開けて中身を覗き込み、もう一度、ぽーん、と音を鳴らしたあと、蓋の内側に手を突っ込み、レバーのようなものをわずかに引いた。そしてもう一度音を鳴らす。

ぽーん。

先ほどよりも高くなった音に、光莉にも彼が何をしているのかわかった気がした。

そんな彼女の考えを肯定するように、晶絵が男性について説明をする。

「今日は調律の方が来ているの。私のピアノの先生でね。素敵な方なのよ」

声が届いたのだろうか、調律をしていた男性が顔を上げてこちらを見た。

ふわふわの茶色い髪の毛に、下がった目尻。かけている眼鏡は細い銀縁のもので、一見知的に見えるが、その知性の象徴が下にズレているので、なんだか少し可愛らしい印象も受ける。

彼はずり落ちた眼鏡を指で直しながら、こちらを見て、驚きの表情を作った。

瞬間、呼応するように、隣でキリヤも息を呑《の》む。

「弦牧《つるまき》、先生？」

「九條くん？」

一瞬の沈黙の後、「久しぶりだね」と弦牧が微笑み、キリヤも軽く頭を下げた。

「お二人は知り合いだったのね！　すごい、偶然！」

話を聞いた晶絵が、目を見開きながらそう言って手を合わせる。この妙な偶然が嬉しかったのだろう、彼女の声は先程よりも少し高かった。

「弦牧先生には、妹にピアノを教えてもらっていました」

「九條くんは、たまにヒナタちゃんを迎えに来てたよね？」

「まぁ、そうですね。たまに」

そんな三人の会話で、光莉も彼らの関係を知った。

光莉は、キリヤの家で見たヒナタの写真を思い出す。大きな会場で一生懸命にピアノを弾いているヒナタ。あの頃の彼女の姿を、きっと弦牧も知っているのだろう。

キリヤの話を聞き、晶絵はおっとりと頬に手を当てる。

「妹さん、ピアノは？　もう続けていないの？」

「はい。数年前にやめてしまって」

「あら。もったいないわねぇ」

「……」

「でもまあ。若いときは一つのものにこだわらず何でも挑戦するべきよね。これからの人生、長いのだから」

晶絵の言葉が残酷に響くのは、光莉がキリヤの過去を知っているからだ。突然絶たれてしまった、ヒナタの短すぎる人生を知っているから。

なにも知らない晶絵は、なにも悪くない。

今までにもこんなことがあったのだろう。キリヤは少しも表情を崩すことなく「そうですね。僕もそう思います」とわずかに口角を上げてみせた。

「それじゃ、私は部屋に戻っているわね。あとは皆様、どうぞお好きに」

晶絵は踵《きびす》を返す。しかし、なにか伝え忘れたことがあったのだろう、彼女は首を捻って顔だけをこちらに向けた。

「弦牧先生、調律が終わりましたら部屋まで来てくださいな。代金をお支払いします。その後お暇でしたら、お茶でもしましょう。いいお茶菓子をもらったの」

「あ、はい！」

弦牧の元気な返事に、晶絵は満足そうに微笑んだ後、その場から立ち去った。

彼女が見えなくなったのを見届けて、弦牧はキリヤに向き合う。そして、ためらいがちに口を開いた。

「本当に久しぶりだね、九條くん。あの、さっきは、その……」

「平気ですよ。先生が謝ることは何もありませんし、晶絵さんに対しても何も思っていません」

「そっか。でも、なんか、ごめんね」

弦牧は、眉尻も頭も下げる。きっと彼は、自分がきっかけで出てしまった晶絵の言葉に、謝罪をしているのだろう。律儀な人だ。なんだかこの一連のやり取りだけで弦牧がどういう人物なのか、光莉にもなんとなく理解できてしまった。

弦牧の視線が、キリヤの隣にいた光莉にスライドする。そして、困惑したような声を出した。

「彼女は、その……」

「大丈夫です。七瀬さんは事情を知っている方なので」

「ああ、そうか。よかった」

弦牧はホッとしたような声を出す。

光莉がヒナタの事件を知っているか自信がなかったのだろう。弦牧は改めて光莉の方を向いた。

「弦牧響輔《きょうすけ》です。ヒナタちゃんにピアノを教えていました」

「七瀬光莉です。一応、警視庁の刑事をしています。よろしくお願いします」

差し出された手を取ると、弦牧が少し驚いたような表情になる。

「そっか、刑事さん！　だから、ヒナタちゃんのことを知っているんですね」

「まあ、そうですね」

安心したのか、納得したのか、弦牧の手の力がぐっと強くなる。見かけによらず握力がある人だ。きっとピアノをやっているせいだろう。

「先生は、二階の開かずの倉庫のことは知っていますか？」

キリヤの問いかけに、弦牧は「ああ、うん。知っているよ」と光莉の手を離した。

「仗一さんの作品が収められているって噂の倉庫だよね？　二、三ヶ月に一度ぐらいの頻度で鍵開けに挑戦する人達が来るよ。……と言っても、誰もまだ開けられていないみたいだけどね。あ！　もしかして、九條くんたちも？」

キリヤは肯定を示すように頷いた。

「それで、もしなにか知っていたら教えてほしいんですが」

「なにか、と言われてもなぁ。僕もここに来るのは月に二、三回程度だし……」

「月に二、三回程度って、調律ってそんなにしなくちゃいけないんですか？」

光莉の問いかけに弦牧は「ああ、違う違う」と首を振った。

「調律は多くても一年に一度ぐらい。僕はここにピアノを教えに来ているんだ。二週間に一度ぐらいの頻度でね」

「ピアノって習いに行くものじゃないんですか？」

「教えに行くこともあるんだよ。ここには立派なグランドピアノもあるからね。まあ、出張費はいただくことになるけど。晶絵さんはお金に余裕のある方だから、あまりその辺は惜しまないし」

家庭教師と同じような感覚なのだろうか。それにしてもこんな元無人島までの出張費、想像するだけでもなかなかの額である。

「晶絵さんは、仗一さんが亡くなるまで倉庫のことを気にしたりはしなかったんですか？　亡くなってから、突然？」

「そうだね。僕が知っている限り、あまり気にしてはいなかったよ。というか近づくこともなかったんじゃないかな。視界に入れるのも疎んでいるって感じで」

「疎んでいた？」

「うん。伎一さんが亡くなってからは、もっとそれが強くなったかな」

あんなに誇らしげに夫の絵を自慢していた晶絵が、夫の絵が収められているだろう倉庫を、視界に入れたくないほどに疎んでいる。その矛盾に、光莉は内心で首を傾げる。キリヤも同じ気持ちなのだろう、彼の眉間にわずかに皺が寄った。

弦牧はなにか考えているような表情のまま、人差し指で唇を撫でる。

「あれは、きっと怖がっていたんじゃないかな。そういう声の震え方だった。嫌悪感を超えた恐怖。今でも晶絵さんが倉庫の話をするときはどこか怯《おび》えたような声を出しているよ」

耳が人よりもいいのだろう。弦牧はそう言って困ったような笑みを浮かべた。

「つまり、晶絵さんは元々倉庫のことを疎んでいて、伎一さんが亡くなった後は怖がりだした、ということですか？」

「うん。まあ、そう感じたってだけだけどね。確証のある話じゃないよ？」

「晶絵さんが倉庫を怖がっている理由は……」

「それは、さすがにわからないね」

弦牧はそう言って肩をすくめた。

これ以上、この話は掘り下げられないと判断したのだろう、キリヤはすぐさま質問を変えた。

「それなら、佼一さんに会ったことはありますか？」

「あるよ。すごく人のいいおじいちゃんって感じだった」

「その他に思いつくことは？」

「思いつくこと、か。そうだね。絵描きの人ってものすごく神経質な人が多いイメージだったけど、佼一さんはそんなことなかったね。まあ、四六時中アトリエにこもっている姿は、さすがアーティストって感じだったけど」

そこまで話したあと、弦牧は「そういえば」と少しだけ声を大きくした。

「九條くんは、薔薇園《ばらえん》、見た？」

「薔薇園って、表のですか？」

「違う、違う。中庭の小さいやつ」

「ああ、倉庫近くの廊下から見えるやつですね」

光莉の脳裏に、ワンカラーシリーズの絵がかかっていた廊下が浮かんだ。絵がかかっていた壁の正面は、確か窓ガラスになっていた。光莉は確認していないが、きっとあの下が中庭になっているのだろう。

「伎一さん、あれ好きだったみたいでね。よく眺めていたよ。デザインも伎一さんがしたとかでね。庭師の人の話だと、木の位置にもすごくこだわっていたらしい」

「木の位置？」

「うん。結構細かく指示を出したみたいだよ」

弦牧がそう言うと同時に、光莉の視界の端に土方が映る。きっと、弦牧の様子を見に来たのだろう。もしかすると、晶絵に頼まれたのかもしれない。彼女は弦牧とのお茶を楽しみにしている様子だった。

弦牧は土方の視線に気が付き、光莉たちの方を見る。

「それじゃ、僕は調律の続きをやるよ。あと、九條くん。もしよかったら、今度うちにおいで。ヒナタちゃんの写真、渡してないのがまだあるんだ。大会の写真とか、レッスン中のとか。あとは、使っていた楽譜とかも――」

そこまで言って、弦牧は頭を振る。

「ああ、でも無理にとは言わないよ。あれなら、僕の方で処分しても……」

「いいえ。また取りに行かせていただきます」

「そっか。それじゃ、待ってる。――七瀬さんも、またね」

そう言って二人に微笑み、弦牧はグランドピアノの方へ歩いていった。

8

「キリヤくん、大丈夫？」

光莉がそう声をかけたのは、弦牧がその場から去り、なんとなく二人並んで部屋の前まで帰ってきたときだ。終始無言だったキリヤはその声に振り返り「何がですか？」と首をひねる。

「いや、さっきから無言だから、ヒナタちゃんのこと色々思い出しちゃったかなぁと」

「言っておきますが、僕はそんなに弱くはありませんよ」

本当になんてことないふうに彼はそう言って、困ったように微笑んだ。

「僕が黙っていたのは考え事をしていたからです」

「考え事？　ああ、倉庫のこと？」

「倉庫のこと、というよりは、そうですね。僕が考えていたのは、晶絵さんのことでしょうか」

「晶絵さん？」と光莉が目を瞬かせるとキリヤは視線を下に落とした。

「彼女はどうして伎一さんが亡くなるまで、あんなにも倉庫に興味がなかったんでしょうか？　弦牧先生の言葉を借りるなら、視界に入れるのも疎んでいた。伎一さんの仕事を尊重しているといっても、自分たちの財産が置いてある場所の暗証番号を一度も聞いたりしなかったというのは、少しおかしいと思ったんです」

「それは、確かにね」

晶絵がお金に困っているようには見えないが、扉一枚隔てた向こうにとんでもない金額の財産が眠っているのに、そこに全く触れようとしないのは確かに不自然だ。

「あとは、伎一さんが亡くなってからの晶絵さんの変化です。彼女は倉庫のことを疎むのではなく怖がるようになった。開けたいと望みながら怖がるというのは、どうにも矛盾しているような気がします」

「いや、でも……」

「どうかしましたか？」

「矛盾してるかな、それ」

光莉の言葉に、キリヤが驚いたような表情になった。そして、「どういうことですか？」と問いかけてくる。

「んー。今回のことには当てはまらないのかもしれないけどね。えっと、うまく説明できないな」

「うまく説明しようだなんて思わなくていいですよ。とりあえず聞かせてください」

「うん。昔ね、宝箱にしていたお菓子の缶があったんだよね。その中に自分が綺麗だと思った石とか貝殻とか入れて大切にとってたんだけど。ある日ね、外で遊んでいたときに、その中にバッタが飛び込んじゃって。私、昔から虫は平気だったんだけど、おばあちゃんが作ったいなごの佃煮《つくだに》を見せられてからバッタだけはどうにも苦手でね。怖くてとっさに蓋を閉めちゃったんだ」

そこまで聞いて、キリヤがどこか納得したように「ああ」とつぶやく。

「もうそこからが大変！　宝箱を開けたいんだけど、中からバッタが飛び出てくるかと思ったらなかなか開けられなくて、中からは『ここから出せー』ってバッタが暴れ回っている音が聞こえるし、本当に怖くてさー。結局、友達に開けてもらったんだけど……って、そんな感じの気持ちなんだけど、伝わった？」

「ギリギリ？」

「良かったー！　及第点！」

「僕じゃなかったら赤点ですよ」

そう辛辣に言って、キリヤは口元に手を当てた。

「でもそうか、なるほど……」

「なにかヒントになった？」

「まだわかりませんね。……七瀬さんはこれからどうするつもりです？」

「私は、晶絵さんに詐欺のことを聞きに行こうと思ってる。キリヤくんは？」

「僕は、お言葉に甘えて屋敷内を探索しようかと」

「そっか！　お互いに頑張ろうね」

そう言って、光莉が軽く拳を差し出すと、キリヤは固まった。そして拳をまじまじと見つめたあと、「恥ずかしい人ですね」と軽く拳を合わせてくれる。渋々といった感じである上に、触れたのも一瞬だが、ただの思いつきにキリヤが付き合ってくれたことが嬉しくて、光莉は口角を上げた。

そうして、二人は別れて歩き出した。

9

広い屋敷だと思っていたけれど、実際に歩いてみるとそこまでの広さはなかった。

キリヤは視線を左右に滑らせながら、見ているものを記憶していく。

昔から、記憶力だけはそこそこ良かった。何かを暗記するということで困ったことはないし、一般的に『カメラアイ』や『瞬間記憶能力』と呼ばれるものほどではないが、それに近しいことはできていた。だから、なんとなく伎一が遺したヒントにももう心当たりがあった。

目の前には十枚の絵が並んでいる。倉庫に通じる廊下にあった、あのワンカラーシリーズだ。

『蝶』に『深海魚』に『ガーベラ』に『木々』に『子供』に『鳥』に『ぶどう』に『海』に『花嫁』に『心臓』。

きっとこれがあのボタンと連動しているのだろうと思う。しかし、この絵が何を指し示すのかキリヤにはまだわからなかった。

——暗証番号は、晶絵さんにならわかるもの。

少なくとも、伎一はそう思っていたはずだ。

そのとき、晶絵が心臓の絵に使われている色を、マゼンタだと言い当てたことを思い出した。キリヤはスマホを取り出し、アプリストアの検索バーに『色 検索』と打ち込む。すると、すぐさま適当なアプリがいくつか出てきた。その中の一つをダウンロードし、起動させた。

キリヤはカメラを心臓の絵に向ける。そして、白と黒が混ざっていないだろう箇所の色を選択した。

『マゼンタ　RGB(255, 0, 255) / マンセル値 5RP 5/14』

「すごいな」

思わずそんな声が漏れた。マンセル値まで完璧に答えているのはさすがと言わざるを得ない。

キリヤは他の絵にもカメラを向けた。

『蝶』――オレンジ　RGB(243, 152, 0) / マンセル値 5YR 6.5/13
『深海魚』――ブラック　RGB(0, 0, 0) / マンセル値 N1
『ガーベラ』――レッド　RGB(237, 26, 61) / マンセル値 5R 4/14
『木々』――グリーン　RGB(0, 128, 0) / マンセル値 2.5G 6.5/10
『子供』――イエロー　RGB(255, 212, 0) / マンセル値 4.0Y 8.5/12.3
『鳥』――ブルー　RGB(0, 103, 192) / マンセル値 10B 4/14
『ぶどう』――パープル　RGB(106, 13, 173) / マンセル値 10PB 4/26
『海』――シアン　RGB(0, 174, 239) / マンセル値 7.5B 6/10
『花嫁』――ホワイト　RGB(255, 255, 255) / マンセル値 N9.5
『心臓』――マゼンタ　RGB(255, 0, 255) / マンセル値 5RP 5/14

――そして、ここには印刷物しか飾らなかった、か。

キリヤは逡巡した後、絵が飾ってある壁とは反対側の壁に向かう。そして、窓を開けて身を乗り出した。眼下には、弦牧の言っていた中庭がある。目隠しの役割を果たしているのか、奥の歩道に沿って薔薇の木が並び、その内側にぽつぽつと四本、薔薇の木が植えられていた。内側に植えてある薔薇の木に規則性はないようで、中庭の真ん中にはテーブルと椅子が置いてあった。

キリヤはそれらを確認したあと、窓を閉める。そしてそのまま歩を進め、次はアトリエに辿《たど》り着いた。伎一が生前、最も長く籠もっていた場所である。

キリヤはドアノブに手をかけ、扉をゆっくりと押した。晶絵が気を利かしてくれたのか、鍵はかかっていなかった。

そのまま室内に入り、辺りを見回す。アトリエは二階の一番日が当たる場所にあった。六角形を半分にしたような出窓に、空っぽのイーゼル。壁に立てかけられた無数のキャンバスに、描きかけの絵。筆、絵の具、木製のパレット……

それらの光景に、キリヤはわずかな既視感を覚えた。

——僕の家、みたいだな。

目に見えているものが似ているのではない。その場に満ちる空気が似ているのだ。

キリヤはイーゼルの近くにある、小さな机に近づいた。その上には先程まで使われていたような画材たちが置いてある。飛び散った絵の具によってカラフルに染まってしまった筆立てには、いくつもの筆やペンや鉛筆などがぎゅうぎゅう詰めになっており、隣にあるこれまたカラフルなプラスチックケースには、放り込まれたばかりのような絵の具のチューブが重なっていた。主がいなくなった瞬間に時間が止まってしまったかのような生々しさが、その部屋にはあった。

この状況を保つのはそこそこ大変だ。毎日少しずつ積もっていく埃《ほこり》を、毎日毎日、繰り返しなかったことにする。まるで時間の経過を否定するかのように、毎日毎日。まるで時間を止めるように繰り返し埃を払う。

キリヤも少し前まではそんな毎日を過ごしていた。朝起きて、大して汚れていない家の中を掃除して、積もったとも言えないぐらいの僅かな埃を払って、玄関を掃いて。落ち葉だって一枚も残さなかった。

今なら言える。きっとそれらはまじないだった。

時間を止めるためのまじない。

妹が死んでから動いていない自分の時計に、周りの環境を合わせようとしたのだ。

その頃は時間が経《た》ってしまうことが何よりも怖かった。

妹の死が忘れ去られてしまうのが怖かった。

周りが自分を置いて納得してしまうのが怖かった。

感情が、情熱が、摩耗していくのが怖かった。

自分の愛した全てがもう戻らないものなのだと突きつけられるのが、たまらなく恐ろしかった。

忘れたくなかった。納得したくなかった。摩耗なんてしていないと思いたかった。

変わっていく周りの反応が、環境が、耐えられなかった。

でも、変化はどうやってもやってきてしまう。

最近、写真立ての上に少しずつ埃が積もるようになってきたことに気がついた。

しかも、それを受け入れている自分がいることにも、驚いた。

最初のうちは困惑した。以前のように埃が積もっていることへの危機感がないのだ。

それを払わなくてはならないという焦燥がどこかに消え失《う》せていた。埃を払っても安心するわけじゃない。心はずっと凪《な》いでいた。凪いでいることに困惑するぐらいだった。

原因はヒナタのダイイングメッセージが解けたからだろう。それはすぐに思い至った。彼女の最期の言葉を聞けた瞬間、事件が起きてからずっと張り詰めていた糸が切れたのだ。

もう一つ原因があるとするのならば、光莉のことかもしれないとも思う。

『私は捨てないでほしいって思うよ』

あのとき初めて、誰かに寄り添ってもらえたような気がした。妹が死んで、父親も、親戚も、周りの人間も、それなりに寄り添ってくれたけれど、時間とともに態度は変化していって、数年後には動けない自分をどこかあざ笑うかのような態度に変わっていった。もちろん表には出さないが『もう乗り越えてもいいのに』という彼らの気持ちが端々に感じられるようになった。変わっていくことを求められるのではなく、その場に立ち止まってもいいと、甘いことを言ってくれたのは彼女だけだった。

立ち止まっていいと言われたから歩くことができたなんていうのは滑稽な話かもしれないが、そもそも自分の性格は知っている。天邪鬼《あまのじゃく》の偏屈屋だ。だめと言われたらやりたくなる子供と同じだと思ったら、なんだか自分の心の変化も妙に納得してしまった。

だから、引っ越しを決めた。

決めた、だけなのに、それを口に出した瞬間、妙に心が軽くなった。

きっと、彼らが繰り返し言っていたことはある意味正しかったのだろう。その正しさに、胸が詰まると同時に、それでも自分はこんなふうに大回りをしなければそこにたどり着けなかったのだろうと、どこか納得をした。

妹を殺した人間はまだ捕まってなくて、それに対して憤りを覚える自分はまだちゃんといる。恨めしく思うし、胃の奥が燃えているような感覚が未だにある。この怒りが消えることはきっとないのだろうと、どこか他人事《ひとごと》のように思って、その思いに少しだけ安堵《あんど》した。

時間経過と怒りは両立できるのだ。執念は持ち越せる。

時間が経つことで薄れてしまう気持ちはもちろんあるだろうけれど、自分の中の気持ちがそうでないことに安心した。

キリヤはイーゼルに立てかけてあるパレットを手に取る。やっぱりそこに埃は積もっていない。掃除をしているのは晶絵だろうか、土方だろうか。どちらにせよ、彼らは伎一のことを大切に想っていたのだろう。

早く埃がかぶるようになればいい。

他人事なのにそう思って、苦笑が漏れた。

そのとき、不意に手に持っているパレットの裏側に目が留まった。四角の木のパレットだ。『AKIE TO KIICHI』と書かれているので、きっとそれは晶絵から伎一への贈り物だったのだろう。四角いパレットの端にはまるで物差しのように等間隔に十個の傷がついていた。それぞれの幅はそれこそ一センチ程度だろう。

「これ――」

瞬間、キリヤの脳裏を様々な映像や情報が駆け巡る。その上でアクセントとして足される、少しの想像力。

キリヤは答えを得たような気がした。

そして、それ以上の真実にも――

10

晶絵との話で、光莉はあまり有益な情報を得られなかった。二課から貰った調書と聞いた内容は殆ど同じで、「あの人、絵を描くことしかできなかったから騙されてしまったんでしょうね」と晶絵は少し寂しそうな顔で目を伏せていた。伎一はお金のことには特に無頓着で、自分の描いた絵の適正価格などもよくわかっていなかったらしい。友人だからと二束三文で自分の絵を売り払い、後で専属画商である不知火に怒られた話なんかもしていた。

「私はね、お金を取られたことが悔しいんじゃないのよ。あの人が騙されたことが悔しいの。主人の人の好さに付け込んで悪事を働いたってことが、どうしても我慢ならないのよ」

晶絵は珍しく苛立った声を出していた。

一つだけ新しい情報があるとするならば、詐欺師と思われる男を晶絵が見たかもしれないという証言だった。

話がぼんやりしているのは、晶絵がそう思っているだけで、客観的にその人物が伎一を騙した詐欺師だという証拠が何一つないからだ。

晶絵がその人物を見たのは一度だけだったらしい。

「すごくきれいな人だったわ。外国の方、のようにも見えたわね。目鼻立ちがはっきりしていて、髪の毛も明るくて、ずっと微笑んでいるような表情で。ああ、そういえば、真っ白いスーツを着ていたわね。ビックリするぐらい、よく似合っていたわ」

彼は伎一の見舞いに来ていたらしい。

扉の前で晶絵は二人の会話を聞いている。その様子はとても親しげで、まるで親友同士といった感じの雰囲気を醸し出していたという。

四六時中キャンバスに向かっていた伎一には友人があまりおらず、大体の交友関係は妻である晶絵も把握していたらしい。しかし、その人物を晶絵が見たのはそのときが最初で最後だったという。

「どう、報告したものかなー」

晶絵の部屋を出た光莉は廊下を歩きながらそう呟く。

もちろん嘘偽りなくそのまま報告するつもりではあるが、これを聞かされても二課の人間はがっかりするだけかもしれない。そう思ったら、なんとなく気が重たかった。

「七瀬さん」

そのとき、前方から声がかかった。

わずかにうつむいていた光莉は、その声に顔を上げる。そこにはキリヤがいた。

「あ、キリヤくん」

「良かった。捜してたんですよ。電話に出ないから」

その言葉に光莉は「え？」と呟いてポケットに入っていたスマホを取り出した。そこにはキリヤの言う通り、数件の着信が入っている。

「ごめん。気が付かなかった」

「別にいいですよ。直接話せればいいと思っていた内容ですし」

その言葉に光莉は「どうかしたの？」と首をひねる。すると、キリヤはまるでその日の調子を伝えるような気軽さで、光莉にこう告げた。

「倉庫の暗証番号がわかりました。その上で、お願いしたいことがあるのですが、いいですか？」

11

それは、翌朝のことだった。

「本当に、倉庫の暗証番号がわかったの？」

そう言いながら倉庫の前室に駆け込んできたのは晶絵だった。その後ろには彼女をここまで連れてきた土方の姿がある。突然の報告に急いで来たのだろう、晶絵の息は少し上がっていた。

二人の登場に、光莉の隣にいるキリヤはいつもの調子で淡々とこう告げる。

「本当です。でも倉庫を開ける前に、僕がどうやって暗証番号にたどり着いたか説明してもいいでしょうか？」

もちろんだというように晶絵が首を縦に振る。キリヤはわずかに口角を上げた。

「まず、この倉庫を開けるためのプロセスは大きく分けて二つです。
その①、暗証番号式錠のボタンに、何の文字が当てはまるのかを明らかにする。
その②、暗証番号を明らかにする。
では、一つずつ説明していきますね」

そう言って、キリヤは自分の身体を横にずらし、自身の身体で隠れていた暗証番号式錠を彼らに見せた。

「まず、その①『暗証番号式錠のボタンに、何の文字が当てはまるのか』ですが、こちらの方は比較的簡単にヒントが見つかりました」

キリヤは人差し指を前室の両開き扉に向ける。その意図を汲《く》んで、土方が扉を開けた。全員で扉の外に出る。キリヤは扉に向けていた人差し指を、そのまま左側の廊下に向けた。

「ヒントはあれです」

キリヤが指す方には佼一が遺したという十枚の絵があった。

「あれは主人の――」

「そう、佼一さんが遺した絵です。枚数はボタンの数と同じ、十枚。これが偶然の一致なわけがない。問題はこの絵がそれぞれ何の文字をさしているかです」

キリヤの回りくどい言い方に晶絵は「なんだったの？」と急かすように問う。

「色相記号ですよ」

「色相記号？」

「御存じの通り、色相記号というものは、色を数字や記号などで表すためのものです。青を『B』赤を『R』といった感じですね。有名なのは晶絵さんが使われていたマンセル系やオストワルト系ですが、今回使われたのは印刷で一般的に使われる色相記号です。したがって、色の頭文字と言っても差し支えありませんね」

「印刷……」

「そうです。廊下に飾ってある絵が全て印刷したものだったのは、正面に窓があるからという理由の他に、このことを伝えたかったのではないかと思います」

キリヤは並べられた絵をぐるりと見回す。

「ここまでわかると、あとはアルファベットを入れるだけです」

キリヤはポケットからメモ帳を取り出すと、つらつらと何やら書き込み始めた。

「これらの絵は限られた色しか使われていません。白と黒の二色しか使っていない絵は割合的に多い方を、白と黒以外の色を使っている場合は、その色を色相記号に直します」

言っている間に書き終わったのだろう、キリヤは手元のメモ帳をくるりと回転させてこちらに向けた。そこには絵の略称と色相記号が書かれている。

『蝶』――O　オレンジ
『深海魚』――BL　ブラック
『ガーベラ』――R　レッド
『木々』――G　グリーン
『子供』――Y　イエロー
『鳥』――B　ブルー
『ぶどう』――P　パープル
『海』――C　シアン
『花嫁』――W　ホワイト
『心臓』――M　マゼンタ

「そして、黒と青のBが被《かぶ》っているので、黒の方のBを取りLだけにします。最後は、手前から順番にボタンに当てはめていく」

キリヤはそう言いながら、持っていたメモ帳に再び文字列を書き込んでいく。そしてそれを晶絵に見せた。

『MWCPBYGRLO』

「これがボタンに対応するアルファベットです」

晶絵は唖然《あぜん》としていた。今まで屋敷に呼んだ誰一人としてここまでたどり着けなかったのだろう。

キリヤはそのまま淡々と謎解きを続ける。

「次に考えることは、その②『暗証番号を明らかにする』ことです。ヒントは、弦牧先生の言葉でした。彼は『伎一さんは中庭の小さな薔薇園が好きだった』と言っていました。その薔薇園はここから見えます」

そう言って彼は、絵がかかっているのとは反対側の壁まで行き、窓の外を指さした。

「あれは伎一さんがデザインしたそうですね」

「それが――」

「暗証番号は、あの中庭に記されていました」

晶絵の顔がキリヤの方を向く。

「これはアイネイアスのテープという暗号に非常に類似しているものでした」

「アイネイアスのテープ？」

「アイネイアスのテープというのは、基本的に文字が書いてあるものさしで作る暗号です。ものさしには起点があって、その起点からある文字までの長さをどう表すかによって種類が変わってくる暗号でした。一番オーソドックスなのは紐で表すアイネイアスのテープですね。これは、起点から文字までの長さで結び目を作ることで文字を表す手法です。それを——」

「ごめんなさい。あの、よくわからなくて。もしよかったら、この中庭の謎だけ嚙み砕いて教えていただけないかしら？」

晶絵の言葉に、キリヤは気分を害することなく「そうですね」と頷いた。

「これは、アイネイアスのテープで言うところの点表記でした」

「点表記？」

「点を打つことで文字を表す手法です。ものさしに当たる部分は、あの奥の歩道に沿って並んでいる薔薇の木です。数は十本。それぞれ正面の絵——『MWCPBYGRLO』に対応しています。そして、内側に植えられた四本の薔薇。あれが、文字を表しています。文字を並べる順番は、ものさしに近い順番で。同じ列に薔薇の木がある場合は左が優先です」

光莉と晶絵は窓に張り付いてメモを片手に文字を追う。

「えっと、『C』『R』『O』『W』？」

「そうです。僕の考えが正しければ『CROW』が暗証番号で間違いありません」

「それじゃ——」

「ちょっと待ってください。話はまだあります」

思わず鍵のところに向かおうとした晶絵をキリヤは止めた。なぜ止められたのかわからないのだろう、彼女は大きく目を見開いて固まっている。

「この暗証番号を導き出したとき、僕は一つの画像を思い出したんです」

「画像？」

中庭の見取り図

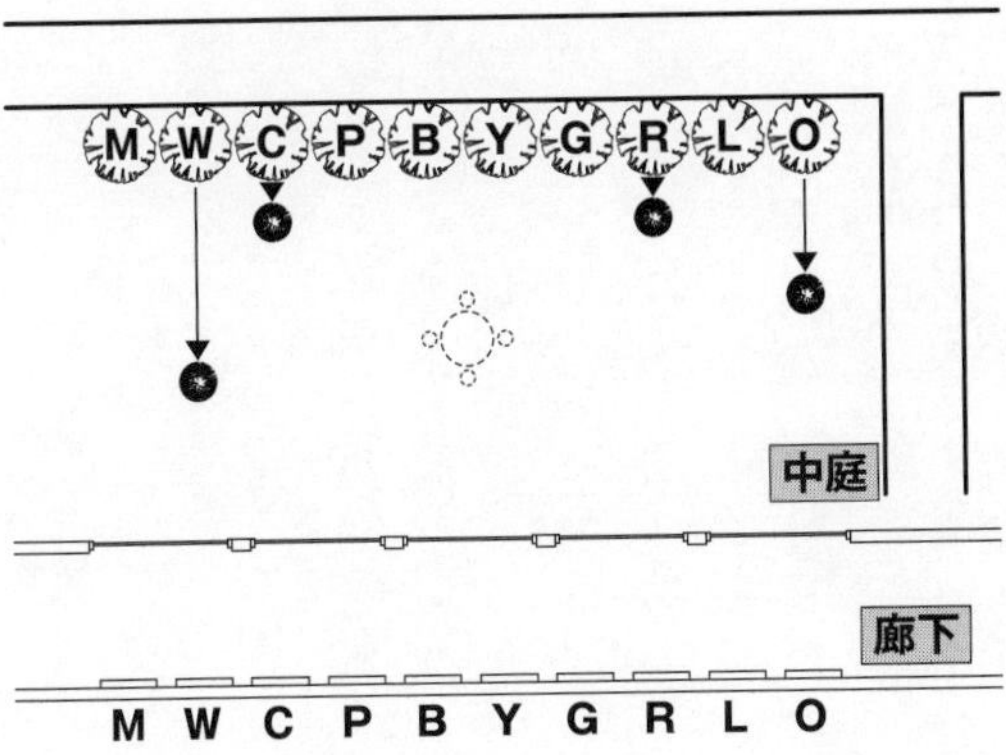

キリヤが光莉に目配せしてくる。彼女はそれを合図に、持っていたタブレットにとある画像を表示させて、晶絵と土方に見せた。

その画像を捜査資料から探してくること。

それが、光莉がキリヤからされた頼みごとだった。

「これは東洋のメーヘレンが、自分が描いた絵に残した二本線です」

その言葉に晶絵はあからさまに動揺した。

「アイネイアスのテープは、点表記の他に、線表記、ジグザグ表記、三角表記があります。この二本線がもしアイネイアスのテープだとすると、これは線表記にあたります」

光莉が表示させたような画像は、実はネット上にいくつも転がっている。東洋のメーヘレンは有名で、贋作もたくさん世に出回っていたからだ。それでもキリヤが捜査資料の画像にこだわったのは、線と一緒にメジャーが映っているから、らしい。つまり、それぞれの線の長さ、更には、線同士がどうずれているのかが、一目でわかるのだ。

「これはなにか根拠があったわけではなく、完全に思いつきだったんですが。僕はこの二本線に『MWCPBYGRLO』を当てはめてみたんです」

キリヤは、タブレットに表示された写真に専用のペンで書き込みを始める。

「上の線が七センチ、それから右に一センチずれて、下の線が二センチ。文字と文字の間隔を一センチとすると、出てくる文字列は三種類になります。『MRWP』『WLCB』『COPY』。……そう、複製《COPY》です」

キリヤの話に晶絵はどこか悔しそうな顔をしていた。その表情だけで、キリヤの推理が間違っていないということがわかる。

「ちなみに、倉庫の鍵を開けるための暗証番号『CROW』ですが、あれは御存じの通りカラスという意味です。そして、カラスというのは色々な隠語として使われる。中でも有名なのは『詐欺師』という隠語ですね」

東洋のメーヘレン——贋作者もある意味立派な『詐欺師』である。

ここまでくると、さすがに偶然で片付けるのは難しいと思ったのだろう、晶絵の表情は、焦りを通り越して陰鬱なものに変わっていた。

アイネイアスのテープ

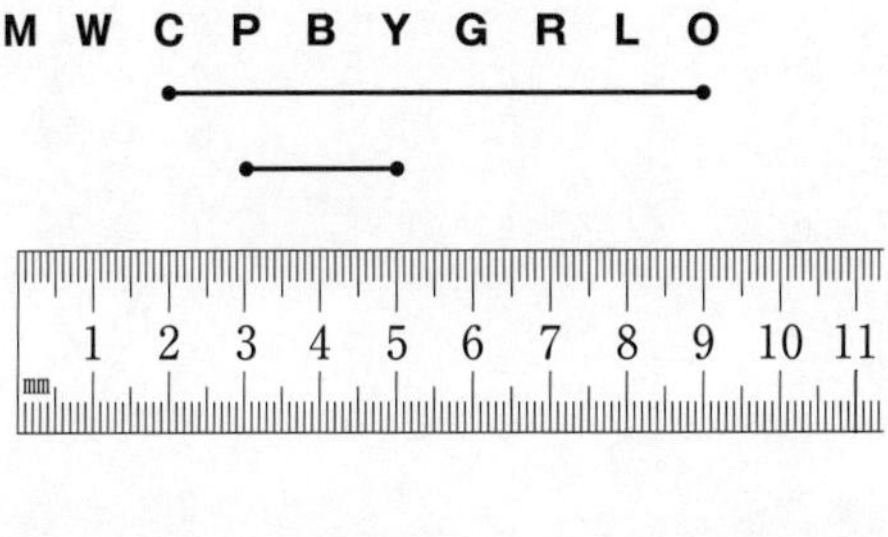

「二つの暗号に対応する、『MWCPBYGRLO』という文字列《カギ》。率直に聞きます。もしかして伎一さんは、東洋のメーヘレンではないのですか？　そして、倉庫の中には、東洋のメーヘレンが遺した贋作の数々が眠っている。晶絵さんはそれを一刻も早く処分したいと思っているんじゃないですか？」

光莉はこの話をキリヤから聞かされたとき、『晶絵が倉庫のことを疎んでいた』という弦牧の話を思い出した。そして、同時に納得もした。晶絵にとってこの倉庫にある絵たちは黒歴史なのだ。隠しておきたい真実。それは確かに視界にも入れたくないかもしれない。

メーヘレンが絵を描いていたとされる時期、伎一はまだ画家として大成していなかった。前に見せてもらったインタビュー記事には、若い頃の苦労なども赤裸々に綴られていた。きっと伎一は家族を養っていくために仕方なく贋作者になったのだろう。そして、いつかすべてを明かすと心に決めて『COPY』と絵の裏に刻んだ。もしかすると、倉庫の暗証番号『CROW』も、彼のそんな罪の意識からきているのかもしれない。

キリヤの言葉に、晶絵はしばらく黙ったままだった。何度も唇を開閉させ、なにか言葉を発しようとしていたが、結局、彼女の唇は音を落とさなかった。そんな彼女を見かねて、というわけではないだろうが、キリヤが先に口を開く。

「何も言わなくても結構です。否定も肯定も求めていません。ただ、僕はここで持論を展開したいだけです。だから、これから僕がここで話すことも、ただの戯言《ざれごと》です」

光莉はキリヤの方を見る。キリヤからメーヘレンの話はすでに聞いていたが、このあとの話は初耳だ。キリヤは一瞬光莉の方を見たあと、晶絵を見据えた。

そして、静かな声でこう問いかけた。

「晶絵さん。もしかしてこの倉庫の中に、死体があるんじゃないですか？」

「え？　ええ!?」

驚きの声を出したのは光莉で、晶絵は大きく目を見開いたままひゅっと息を呑んだ。

「贋作と言っても、絵は絵、ですからね。描く人がいるのならば、売る人がいる。七瀬さんから聞いたところ、伎一さんはお金に無頓着だったらしいですね。自分の描いた絵の適正価格などもよくわかっていなかった。そんな人が贋作とはいえ絵を売りさばけるはずがない。そうすると、伎一さんの専属画商である不知火さんがその役割を担っていたと考えるのが最も自然です。そして、不知火さんは、一年以上前に行方不明になっている」

「それは……」

「晶絵さん、もしかしてお二人は不知火さんに脅されていたんじゃないですか？　伎一さんが東洋のメーヘレンだったことをバラす、と」

瞬間、晶絵の大きな瞳がキリヤを映した。彼女は一呼吸置いて、まるで泣き出す直前の子供のような表情になる。そして、堪《こら》えられないとばかりに、両手で顔を覆った。

「私、知らないの。本当になにも、知らないのよ！」

晶絵の言葉は、キリヤの仮説をすべて肯定するものだった。

そうして彼女はとつとつと語りだした。

始まりは、不知火の態度の変化だったらしい。

不知火は伎一が体調のせいで仕事を絞るようになってから、自分の実入りが減ったと彼を責めていたという。真面目な伎一は、そんな不知火の態度に腹をたてることなく、むしろ申し訳なさを感じて毎月彼にお金を渡すようになったらしい。

崩壊は、まさにそこから始まった。

「最初の要求は、毎月渡すお金の額を増やしてほしいってものだったの。はじめは主人も快く応じていたわ。だって、不知火さんにはこれまでにもたくさんお世話になっていたし、画家・水無瀬伎一が大成したのは、彼のおかげだとも思っていたから。でも彼の要求は段々とエスカレートしていったわ」

『先月のじゃ足りなかったから今月はもっと』『来月は入用だからもう少し欲しい』

不知火はそんな言葉で段々と額を釣り上げていったらしい。

「不知火さんに払う金額が私達の生活を圧迫するようになってしまって、私達も彼に渋るようになったわ。主人はその頃、全国の児童養護施設に寄付をするようになっていたの。自分がやってしまったことは取り返しがつかないけれど、せめてそのとき受け取った金額は社会に返そうとしていたのよ。だから、その分のお金も必要だったの。でも彼は聞く耳を持ってくれなくて……」

『渡さなかったらお前たちの秘密をバラすぞ』

そのときに初めて、不知火にそう脅されたらしい。それから不知火は堂々と二人を脅すようになったという。二人は数年間、そんな不知火にお金を払い続けていた。

そして、運命の日はやって来るのである。

「その日は、ちょうど翌日に主人と私の健診が入っていたの。今まで一心不乱に絵ばかりを描いてきたし、たまには身体のメンテナンスでもしたほうがいいんじゃないかって。主人の体調が芳しくないこともあって、二人で病院に一泊して隅々まで調べてもらおうって話になったのよ。不知火さんが来たのは、ちょうどお昼を食べてゆっくりとしているときだったわ」

突然来た不知火はやはり伎一にお金の無心をしてきたらしい。「とりあえず二人で話し合おう」と伎一はアトリエに不知火をいざない、晶絵には部屋で待っておくようにと伝えたらしい。

「最初は一緒に行くと言ったのよ？　でも受け入れてもらえなかった。『聞かせたくない話をするから』って。『部屋で待っていて』って。今でも後悔しているわ。どうしてあのとき、無理矢理にでも一緒についていかなかったんだろうって。だって、あの頃の二人、ちょっと普通じゃなかったんだもの。前までは仲が良かったのに、あんな、つかみ合いの喧嘩《けんか》までするようになっていて……」

当時のことを思い出しているのだろう。晶絵の目元にじわりと涙が浮かんだ。

「それから私はじっと部屋で待っていたわ。アトリエの方からしばらく不知火さんの怒鳴り声が聞こえていたけれど、一時間もする頃には静かになった。そうして二時間ほどが経って、主人が私を呼びに来たの。『もう不知火は帰ったよ。お茶にでもしよう』って。それから『不知火にはもう来ないと約束してもらったから、安心してほしい』って。私、一瞬でそれが嘘だとわかったのよ。だって、不知火さんは帰っていないの！　船に乗っていないのよ！　私ずっと見ていたの。桟橋に向かう道を、ずっと！　早く不知火さんに帰ってもらいたくて、ずっと、ずっと、瞬きの間も惜しんで見つめていたの！」

その声は決して大きくない。けれど、悲愴な響きは光莉の心を揺さぶった。

晶絵は顔を覆う指に力を入れる。彼女の整えられていた前髪があっという間に崩れていく。

「でも、そのことを主人には言えなかった。だって、怖かったんだもの。すごくすごく怖かったんだもの。もしかしたら、主人が不知火さんを……なんて、考えるだけでもおぞましかった。それに、もしかしたら、私の知らない道から桟橋に向かったって可能性もあるんだもの。主人が不知火さんをどうにかしたって証拠はなにもなかったの！　だから私は口を閉ざした。幸いにも翌日は健診だったから。病院で身体を診てもらったあと、少しゆっくりしようってホテルも取っていたの。屋敷には一週間ほど帰らない予定だった。だから、土方にも休暇を取らせていて。だから思ったの、『帰ってから聞こう』って。私にも少し整理する時間が必要だったの」

晶絵はそこまで一気に吐き出した後、言葉とともに呼吸を止めた。そして、たっぷり三十秒は黙った後、彼女は身体中の二酸化炭素とともにこう吐き出した。

「その翌日の人間ドックで、主人に癌が見つかったの」

そこからは怒濤《どとう》の日々だったらしい。屋敷に帰る間もなく入院となり、あれよあれよというまに手術の日取りが決まった。身の回りの物はその場で揃《そろ》え、元々持っていた東京のマンションから病院に通う日々が始まったという。

「主人が闘病している間、私は不知火さんのことを忘れていたわけじゃないわ。忘れていたわけじゃない。けれど、忙しさを盾にして、できるだけ考えないようにはしていた。それに、癌でぼろぼろになっていく主人に『不知火さんはどうしたの？』なんて聞けるはずもなかったの」

そうして、話を聞けぬまま佼一は衰弱し、とうとう最期の時を迎えた。

「あとは前に話したとおりよ。朦朧《もうろう》とする意識の中で、彼は私の手を握って酸素マスクの中で苦しそうに『倉庫の中……』って。腹が立つのは、あの人、そんな言葉を遺して逝ったくせに、微笑んでたのよ。満足そうにね」

晶絵はそのとき初めて倉庫に不知火がいる可能性に思い至ったそうだ。そして、『倉庫の中……』という佼一の最後の言葉を『遺体をなんとかして隠してほしい』と受け取ったという。

「だから、佼一さんが亡くなった後から倉庫のことを怖がるようになったんですね。あの倉庫には東洋のメーヘレンとしての作品だけでなく、死体もあったから……」

光莉は弦牧の言葉を思い出しながらそう尋ねた。晶絵は「怖がってるってよくわかったわね」と驚いた声を出した後、一つ頷いた。

「そうよ。ただでさえあの倉庫には私達の黒歴史が詰まっていたのに、不知火さんの死体まで入ってるなんて聞いたら、怖くてたまらないじゃない？　でも開けないわけにはいかなかった。だって、それは主人が私に遺した、最後の頼みだったんですもの。だから私は、主人が死んだ後、どうやってあの倉庫を開けるかばかりを考えてきたわ。一応私も頭を捻《ひね》ってみたのだけれど、本当に全くわからなくてね。鍵屋さんもお手上げで。だから、外部から『お金で動きそうな頭の回転が速い人』を連れてくることにしたの」

それが、あの最初の脱出ゲームだったのだ。

「まあ、ちょっと良すぎる子を連れてきちゃったみたいだけれど」

そう言って晶絵は苦笑した。彼女が求めていたのは、『倉庫の鍵を開けられる程度に頭が回る人間』だった。ここまで詳《つまび》らかにされるとは予想外だったのだろう。

しかも、刑事のいる前で――

「ねぇ、お願いがあるの。私にも倉庫の中を見せてもらえないかしら？　こうなってしまった以上、貴方達に見るなと言うのは無理でしょう？　だからって私に隠してしまわないで。あの人と私は一心同体なの。あの人がしてしまったことは私もちゃんと見ておきたいの」

「……見られる状態じゃないかもしれませんよ？」

光莉は低い声でそう告げる。一年以上経っている死体など、刑事である自分だって見慣れているわけではない。正直に言うならば、初めてだ。状態が良ければミイラ化か白骨化しているが、悪ければ……どうなっているかわからない。

「構わないわ」

晶絵は凜《りん》とした表情でそう告げた。

光莉は彼女の覚悟を受け止めて、一度頷いた後、キリヤと土方を振り返る。

「あの、お二人はどうしますか？」

「私のことはお気になさらず」

「大丈夫ですよ」

土方、キリヤの順でそう答えて、光莉は再び頷いた。

そして、全員で倉庫の前まで戻る。暗証番号式錠の前に膝をついたのはキリヤだ。

彼曰く、「七瀬さんが失敗したらどうするんですか？　明日まで開けられませんよ？」

とのことだ。確かに自分よりはキリヤのほうが手元がしっかりしてそうである。

キリヤは手早く暗証番号を入力していく。入力するまでキリヤの考えが当たってい
るのか正直不安だったが、それも杞憂《きゆう》だった。キリヤが入力を終えると、すぐさまピ
ピッと電子音が鳴って、ガチャ、と解錠音が聞こえる。

ドアノブを持ったのは光莉だ。手には常に持ち歩いている手袋をはめていた。

「では、開けますね」

光莉はそう言ってから全員を見回した。そうしてゆっくりと、彼女はドアノブを引
く。

厚さ二十センチはあるだろう鋼鉄の扉が鈍い音を立てる。

そうして、一同は扉の向こう側を見て――絶句した。

「これ――」

「どういうこと!?」

扉の奥に死体なんてものはなかった。ついでに言うのならば東洋のメーヘレンの作品もない。というか、本当に何もなかった。本当に、なにも。

ガランとした部屋に晶絵は足を踏み入れる。現場なのだからと光莉は一瞬彼女を止めようとしたが、死体も何もないこの状態では現場も何もないと思い直した。

「なに、これ。なにもないじゃない……」

「なにも、ってわけじゃないみたいですよ」

そう言ったのはキリヤだった。彼は床に落ちていたノートのようなものを拾い上げている。それは、一冊のスケッチブックだった。

「これ、主人の──!」

見覚えがあったのだろう、晶絵はキリヤからそれを受け取り声を大きくした。

そして、恐る恐るページを捲る。そこには──

「ああ……」

吐息とともにそう漏らして、晶絵が口元を覆う。

そこには鉛筆で描かれた晶絵の絵が、何枚も何枚も遺されていた。

12

「結局、キリヤくんの推理が外れていたってことなのかな？」

光莉がそう言ったのは、帰りの船を下りた直後だった。帰りの船は土方が操縦しておらず、晶絵が呼んだ漁港の人間が二人をここまで送り届けてくれた。

隣にいるキリヤは「さぁ、どうでしょうか」と、どこか他人事のように首をひねる。

結局、あの倉庫に残っていたのはスケッチブックが一冊だけで、それ以外には何もなかった。東洋のメーヘレンの贋作も、不知火の死体も、画家・水無瀬伎一の絵さえもあの空間からは出てこなかった。証拠も被害者もいない事件が事件化するはずもなく、晶絵も、伎一の名誉も、結局なにも傷つかなかった。

二人は並んで桟橋を歩く。コンクリートでできた桟橋は、島の木の桟橋よりも頑丈で歩きやすい。船酔いを未だ引きずっているキリヤの足元もしっかりとしていた。

「でも、倉庫の暗証番号は合っていたし、証拠はないけど伎一さんが東洋のメーヘレンだっていうのも間違いなかったのにね」

「そうですね」

「まあ、死体が出てこなかったのは良かったことかもね。不知火さんの話も晶絵さんの勘違いだったのかもしれないし」

「そうかもしれませんね」

「結局、伎一さんが晶絵さんに暗証番号を教えなかったのって、死んだ後も晶絵さんに自分のことを思い出してもらいたかったからなのかもね」

「そういう解釈もできますね」

何か考え込んでいるのか、さっきからキリヤの反応が薄い。というか完全に光莉の話を聞いていない。彼女はそれに気がついていながらも、まるで壁にボールをぶつけるように話を続けた。

「今回は妙に釈然としない終わりだったね。結局、詐欺事件も進展なかったし」

「詐欺……」

「あ、忘れちゃった？　伎一さんが二束三文の山の土地を、多額のお金で――」

「それですよ！」

急に大きな声を出されて、光莉は思わず口を噤《つぐ》んだ。

キリヤは一人答えを得たような顔で、「そうか」「だからか」とぶつくさ呟いている。

光莉はそんな彼を覗き込んだ。

「キリヤくん、どうかしたの？　なにか閃《ひらめ》いた？」

閃いたなんて言うと、まるでなにかを発明したかのようだが、これ以外に適当な言葉が見つからなかったのだからしょうがない。

光莉の問いかけに、キリヤは先程までの無気力さを反転させたような芯の通った声を出す。

「もしですよ。もし。その詐欺師が協力者だったら?」

「え?」

「伎一さんの支払った多額のお金は、詐欺で盗《と》られたものではなく、報酬だったかもしれない」

「ごめん。ちょっと意味がわからない……」

光莉が困惑した声を出すと、彼は自分の考えを噛み砕いて説明してくれる。

「つまり、その詐欺師は、伎一さんと晶絵さんの代わりに倉庫にあった不知火さんの遺体を何処《どこ》かに遺棄したんじゃないか、と言っているんです。ついでに絵も。口座から消えていたという多額のお金はその成功報酬。いや、もしかしたらその詐欺師は、そういうことを生業にしている組織の情報を伎一さんに売っただけかもしれない。遺体を動かし、絵を燃やすというのは、一人でやるには大仕事ですからね。そう考えると、彼がやったのは仲介役かもしれない」

「ちょ、ちょっと待って! いつになく想像力で押し進めちゃってない? 第一、倉庫から引っ張り出してきた遺体をどこに隠したっていうの? 島は海に囲まれているから海に落とすっていうのも考えられるけど、ああいうのって結局海流の関係で見つかることも多いんだよ？　あの海域で不知火さんの遺体が見つかったら、間違いなく佼一さんと晶絵さんが疑われることになると思う」

「海ではありません。……山ですよ」

「え、山？」

「そう、佼一さんが二束三文で買った山奥の土地。その土地の地中に埋められているとすれば、全てがつながるような気がしませんか？」

光莉は息を呑んだ。たしかに私有地に遺体を埋められた場合、なにか『殺した』や『埋めた』などという証拠がないと、警察はその土地を掘り返すことができない。裁判所の許可がおりないのだ。もちろん、持ち主が許可すれば話は別だが、もし佼一が買った土地に不知火を埋めているのなら、晶絵が許可を出すとは思えなかった。

「え。……まさか、そういう？」

「そういう狙いはあったと思います」

キリヤはなぜかしてやられたというように、片手で顔を覆った。

「おかしいと思ったんですよ……」

「何が？」

「あのスケッチブックの絵です。あの中に描かれていた晶絵さん、ほとんどが斜め下からのアングルだったんですよ」

「えっと、つまり？」

「佼一さんはベッドに入ったまま、もしくは殆ど寝ている状態で立っている晶絵さんの顔を描いたってことですよ。あのスケッチブックの中身は入院中に描かれていたんです。そして、佼一さんは入院してから一度も屋敷に帰ることなく亡くなっている。だから本来、あのスケッチブックが倉庫の中にあることはないんです。第三者の介入がない限り……」

そのとき、光莉は胃の中を冷たい氷が落ちていくような心地がした。

六院千高の独白

私は、六院千高《ろくいんゆきたか》という男は、幼い頃から人のために動くのが好きな人間だった。

みんなが笑ってくれるのが嬉しいし、『ありがとう』と言ってもらえることに無上の喜びを感じるし、誰かの役に立つことが生きがいだった。

それは幼少期に母から受けた、少し歪《いびつ》な、でも愛のこもった、教育のせいだったかもしれない。

私の父はとてもきれいな異国の男だったという。

透けるようなプラチナブロンドに、飴玉のような青い瞳。

きめの細かい肌はまるで絹のようで、洗練された所作はまるで貴族のそれだった。

母は父にひと目で恋をして、言われるがままに何もかもを差し出した。

お金も、時間も、矜持も、全部全部全部、彼のためにと差し出した。

そしてすべてを差し出したあと、あっけないほど簡単に、びっくりするほど突然に、母は捨てられた。

『私はなにも後悔してないの。本当になにも。だって貴方を残してくれたんですもの』

そう言って、母は度々私に父を求めた。男を求めた。恋人を求めた。

父と瓜二つだという私に、言葉を、心を、身体を、求めた。

私達の関係を知った人たちは、皆一様に『狂っている』と奇異の目を向けた。

狂っていてもいいじゃないか。母が笑っているのだから。喜んでいるのだから。

ニセモノでいいのだ。ニセモノでも誰かが喜んでくれるなら。

水無瀬伎一とはそういうところで馬が合った。

ニセモノを作っていた彼と、ニセモノを演じていた私。

だから、私達は友人になることができて。

だから、私は彼の最後の願いを叶《かな》えてあげたいと思った。

私が彼に提供したのは、知り合いの連絡先を書いた一枚の紙切れと、実際には数十万円にも満たないだろう土地。私がそれを彼に渡すと、彼は自身の預貯金の大半を自ら私に差し出してきた。

はたから見れば私の行為は詐欺に見えるだろう。二束三文の土地と何億円もの金が等価だとはみんな思わないからだ。

でも物の価値なんて人が全部決めるものじゃないか。絵の具と布と板の複合物に彼らは何億という金を出す。そういうことだ。原価なんて関係ない。要は本人が満足すればいいのだ。

――それがニセモノでも。

きっと彼はこれで心置きなく逝けただろう。

ああ、今日もいいことをした。

第二話　本と栞と暗号と

1

薄い雲がかかる青い空に、低い太陽。乾燥した空気はわずかにざらついているのに、吸い込んだときの冷たさにどこか新鮮さを感じる、十二月初旬。

職場に向かうためにマンションの部屋から出た光莉は、同じようにちょうど家から出てきた隣人に声をかけた。

「キリヤくん、おはよう！」

「……おはようございます」

キリヤはこちらをちらりと見たあと、玄関のシリンダータイプの鍵を閉めた。

終始テンションが低く、できるだけこちらに目線を合わせようとしない彼は、どこか疲れているように見える。

いや、本当はわかっている。彼は疲れているのではない。ただただ不機嫌なだけだ。

原因はもちろん、このマンションである。

キリヤが光莉の部屋の隣に引っ越してきて、はや一週間。

憂鬱そうなキリヤを見ながら、光莉は彼が引っ越してきたときのことを思い出していた。

◆

「光莉さんの隣の部屋に、人が引っ越してくるんだよ」

その情報は、マンションの管理人である陸野隆幸《りくのたかゆき》によってもたらされた。

場所は、マンションのロビー。お気に入りのジャージに身を包み、先月買ったばかりの蛍光イエローのランニングシューズを履いていた光莉は、日課の早朝ランニングから帰ってきたばかりだった。一方の陸野は、手に箒とちりとりを持っていた。きっとマンションの前でも掃いていたのだろう。光莉とあまり年齢が変わらないだろう彼は、目尻にしわを寄せ、おっとりとこちらに笑いかけてくる。

「学生さんらしいですよ。仲良くしてあげてくださいね」

「あ、はい！　もちろん！」

実は、このときから少しだけ、ほんの少しだけだが、嫌な予感がしていた。

理由は、先日一宮に、こんなことを言われたからだ。

『七瀬。キリヤの部屋、決まったぞ！』

一宮がキリヤの部屋探しに協力していることは知っていた。というより、一宮が率先してキリヤの部屋を探していたことを知っていた。キリヤもさして部屋にこだわりはないらしく、内見には行くが、基本は一宮に任せていたようだった。だから、一宮からキリヤの引っ越しの進捗を聞くのは、別段おかしな話ではなかったのだが、問題は、その後に続いた言葉だった。

『楽しみにしとけよ！』

楽しみに？　そんな疑問が頭の中に浮かんだときには、もう一宮は0課の詰め所から出ていってしまっていた後だった。

その日からずっと、光莉の頭の中には妙な違和感が残っていた。いや、今はもう『妙な違和感』から『嫌な予感』へと立派に成長を遂げている。

もしかすると、もしかするかもしれない。

キリヤがわかって話に乗ることは絶対にないだろうが、一宮が隣に誰が住んでいるのかを黙って話を進めた可能性はなくはない。いやさすがに非常識だが、でもあの一宮のことだ。別に考えられない話ではない。

しかも光莉は、一ヶ月ほど前に隣人が引っ越していったことを一宮に話していたのだ。『仲良くしていたから寂しい』と。

根拠は何もなかった。全ては野生の勘である。

しかし翌朝、光莉は自分の野生の勘が当たっていたことを知ることになる。

「あ……」

「は？」

部屋の前で鉢合わせしたときのキリヤの表情を、光莉はしばらく忘れないだろう。

いや、確かに申し訳ないとは思っているが、そこまで頬を引きつらせなくてもいいではないか。そんなに嫌そうに顔を歪めなくても──

「最悪だ……」

キリヤは額を押さえ、そう呟いた。

これには光莉も苦笑いを浮かべることしかできなかった。

◆

ということで、一週間前から、キリヤは光莉の隣人になっていた。

引っ越してきた当初は顔を合わせるたびにため息をついていたが、今では少し慣れてきたようである。相変わらず顔を合わせにくそうにはしているが、ため息をつく頻度は減ったし、なんだかんだと会話もしてくれるようになった。まあ、曲がった臍が完全にもとに戻っているというわけではなさそうだが。

「七瀬さんは今日も早いですね」

ポケットに鍵を入れながらキリヤがそう話を振ってくる。光莉は頷いた。

「うん。だいたい五時には目が覚めちゃうんだよね。まあ、仕事が詰まっていると寝坊しちゃうこともあるんだけど！」

「五時って……。前々から思っていましたけど、本当に同じ人類なんですか？」

隣人になってわかったことだが、どうやらキリヤはあまり朝が得意ではないらしい。寝坊してマンションを飛び出す、なんてところはまだ見たことがないが、それでもぴょこんと後ろの髪に寝癖がついているのを見かけたことがある。別に今までだって彼のことを完璧超人だと思っていたわけではないが、しっかりとしている印象が強いだけに、そういう少し抜けたところを見ると、親近感を持ってしまう。

光莉が自分の方を見ていることに気がついたのだろう、キリヤの眉間に皺が寄った。

「なにか？」

「ううん！　なんでもないよ。今日はバッチリ！」

「……バッチリ？」

意味がわからないという顔をしながらキリヤが眉をひそめたときだった。

「お二人共、おはようございます」

控えめではあるが芯の通った穏やかな声が、光莉たちに投げかけられた。声のした方を見ると、エレベーターの前で管理人の陸野がこちらを見て微笑みを浮かべていた。彼の肩には脚立があり、もう片方の手には蛍光灯の入った四角い箱が握りしめられている。どうやら廊下の明かりを交換しに来たらしい。

光莉は「おはようございます」と挨拶を返した後、思わず腕の時計を見下ろした。七時半。仕事を始めるには少々早い時間だ。

「陸野さん、早いですね」

「今日は朝からちょっとした用事があるので、早めにやることとやってしまおうかと。なのでお二人共、僕がいないときになにかありましたら、いつものように箱の方にお願いしますね」

光莉は「わかりました」と応じる。

箱、というのは、管理人室前に置いてある木製の投書箱だ。もし、昼間に陸野がいない場合、なにか困ったことがあれば紙に部屋番号と名前とお願いしたいことをメモしてそこに入れておくのである。すると、時間があるときに陸野が対応してくれる、という仕組みである。もちろん管理人室にいるときは、直接仕事を頼むことも可能だ。

聞いたところによると、陸野はこのマンションのオーナーと知り合いらしく、だから仕事時間も休みもフレキシブルな対応が許されているらしい。たまにだが数日間マンションを空けることもあったりする。管理人室の隣にある部屋に住んでいるのも、オーナーの厚意によるものらしい。

『僕、放浪癖があるからね。ここ数年は日本だけど、この前までヨーロッパの方にいたりもしたから、こういう働き方の方が性に合ってるんだよね。本当にここのオーナーには感謝してるよ』

最初にこの話を聞いたとき、陸野はそう言って微笑んでいた。

陸野はキリヤの方に顔を向ける。

「九條くん。もう、ここには慣れた？」

「はい。問題なく」

「よかった。もし、困ったことがあったら、なんでも相談してね」

陸野はそう言って人のいい笑みを見せる。キリヤは彼から半歩ほど距離を取りつつ「ありがとうございます」と頷いた。どうやら陸野は、あまりキリヤの得意な人種ではないようだ。まあ、キリヤに得意な人種というものがあるのかというのは不明だが。

人のいい陸野と、人嫌いのキリヤ。こうやって見ると、正反対の二人である。

光莉がそんなふうに二人を見比べていると、ふと思い出したかのように陸野が口を開いた。

「そういえば、光莉さん。知り合いから柿を貰ったんですけど、よかったら食べませんか？　確か、お好きでしたよね？」

「わ。好きです！　大好きです！　頂いてもいいんですか⁉」

「もちろん。一人じゃ食べきれないと思っていたので、貰っていただけると嬉しいです」

「それじゃ、お言葉に甘えさせていただきますね」

光莉は、はしゃいだような声を出す。そんな光莉の態度に気を良くしたのか、陸野は目尻の皺を深くした。

「またご在宅のときに持っていきますね。今からではバタバタしてしまうでしょうから」

「はい。お願いします」

「あ。もしよかったら、九條くんもどうかな？　たくさんあるんだよ、柿」

いきなり飛んできた質問に、キリヤは少し驚いたような表情になった後、頭を振った。

「結構です。あと、僕はそろそろ行きますね。このままだと一限に遅れてしまうので」

そう言って、彼は光莉と陸野の間に割って入るようにして歩き、エレベーターのボタンを押すことなく、隣の扉を開けた。その先には下へと続く階段が延びている。ガチャン、と重い鉄の扉が閉まる音がして、キリヤの足音が、コッコッコッ……と遠ざかっていく。

キリヤのそっけない態度に、陸野は苦笑いを浮かべた。

「僕、もしかして嫌われてるんですかね？」

「そんなことはないと思いますよ。割とあれが通常運転です。あと、キリヤくん朝が苦手みたいで……。だから、陸野さんは気にしないで大丈夫ですよ」

昼間よりも三割増しでつれない彼の態度に、光莉はそうフォローを入れる。

陸野はその言葉にほっと胸をなでおろしたようだった。

「そっか。それならいいんだけど」

「もし他に原因があるなら陸野さんじゃなくて、私でしょうし」

「光莉さんが？」

「んー。まあ、ちょっと騙されたみたいなところがありまして……」

その言葉に、心底意味がわからないという風に、陸野は首を傾げた。

2

「なぁ、キリヤのやつ、まだ怒ってたか？」

一宮が珍しくそう弱々しい声で聞いてきたのは、その日の昼のことだった。彼は、0課の応接スペースにあるソファにぐったりと腰掛けながら、昼食のコンビニ弁当をつついている。

光莉はパーティションを覗き込みながら、今朝のキリヤの様子を誇張して伝えた。

「怒ってるというか、不機嫌そうでしたよ。今朝もぶすっとしてましたし」

「まじかー」

「そりゃそうですよ。厄介事を持ってくる知り合いと隣の部屋になるの、それなりに嫌だと思いますよ？　しかも、信用していた一宮さんに騙されたんですから、不機嫌にもなりますって」

いつもより言葉が辛辣になってしまうのは、さすがにこれは一宮が悪いと思っているからだ。騙し討ちのように、光莉と同じマンション。しかも隣の部屋に住まわせられるなんて、面倒くさい上に気まずいだろう。光莉としても可哀想《かわいそう》だと思ってしまう。

「いや、だってほら、お前ら最近仲良かっただろ？」

「仲良かったって、普通に話しているだけですよ？」

「お前だってもうわかってるだろ？　キリヤが『普通に話してる』ってのが、どれだけ貴重か」

「それは、まあ。言わんとしていることはわかりますが……」

そう言いつつも光莉はなお責めるような視線を一宮に向ける。

一宮はため息をつきつつ頭をガシガシと掻いた。

「俺だってなぁ、別に考えなくあんなことをやったわけじゃねぇよ。頼れる大人が近くにいたほうが、アイツにとっても多少はいいと思ったんだよ」

「だったら、素直にそう言ったらいいじゃないですか」

「でもなぁ、本当のことを言ってもアイツは素直に従わねぇだろ」

「それは、まあ……」

一宮が正直に理由を説明し、光莉の隣の部屋をキリヤに勧めたとして、彼は十中八九、断りそうである。別にそれはキリヤが自分自身を過信しているとかそういうわけではなくて、単に彼が人を頼るのが苦手なためである。

「それに『頼れる大人』なら、私は不適切じゃないですか？　そこまで年齢が離れてませんし、普段はキリヤくんのほうがしっかりしてますし」

「そりゃあ、な。本当は俺の家の隣とかが良かったんだが、うちは住宅街だし、キリヤの家からも遠いしで」

それで、たまたま悩んでいるときに光莉の部屋の隣が空いていることに気がついたのだろう。

電話を着信拒否にでもされているのか、落ち込んでいるような様子の一宮に光莉は苦笑を漏らす。

「別に引っ越すつもりはなさそうでしたし、許してくれるのを気長に待つしかないんじゃないですか?」

「でもなぁ……」

「どうかしたんですか?」

「ちょっとキリヤに相談したいことがあってな」

その言葉に光莉は「相談?」と首を傾け、同時に頭の中で事件のリストを捲る。光莉が知る限り、今はキリヤに頼らなければならない事件など起こってはいないはずだ。もちろん起こった事件をすべて把握しているわけではないので、絶対とは言い切れないが。

光莉の表情から考えを読んだのだろう、一宮は「事件じゃねぇよ」と肘をついた。

「知り合いからの相談でな。でも、いま相談すると門前払い食らいそうなんだよなあ」

思春期の息子との距離を測りかねているお父さんといった感じで、一宮はうなだれる。

まあ、キリヤの思春期はとうの昔に過ぎているだろうし、今回怒りを買っている原因は一宮にあるので、状況的には同じでも本質は全くの別物なのだが。

「相談する前に、ちゃんと謝ったほうがいいと思いますよ？」

「いやあ。わかってるんだよ。わかってる。でもなあ、アイツへそ曲げたら長いからなあ。しかも、着信拒否にまでしてやがるし……」

どうやら本当に連絡手段を絶たれているらしい。光莉は苦笑を噛み殺す。

一宮はソファの背もたれに身体を預けて、立ったままの光莉を見上げる。珍しくすがるような目だった。これは『間を取り持ってくれ』ということだろう。

光莉はとうとう堪えられなくなったとばかりにふきだした。

「おじさんがそういう顔しても可愛くないですよ？」

「お前、なんか最近キリヤに似てきたな」

一宮は光莉を見上げながら口をへの字に曲げた。

3

『一宮さんがキリヤくんに謝りたいって言ってるんだけど』

『しばらくは忙しいので、また今度、と伝えておいてください』

『そう言わずになんとか』

『一宮さん。七瀬さんのスマホから連絡してこないでください』

『お前が着信拒否するからだろ』

『胸に手を当てて、自分のやったことを反芻《はんすう》してから書き込んだほうがいいと思いますよ』

『ああ、もう！　だから、悪かったって！』

メッセージでそんなやり取りをしたにもかかわらず——

「はぁ。もう、いいですよ」

喫茶・ヌーヴェルマリエで顔を合わせたキリヤは、そんなため息一つで一宮のことを許した。実際はそこまで怒っていなかったのだろう。着信拒否もその場で解除という運びとなり、間を取り持った光莉はほっと胸をなでおろした。

「で、相談ってなんですか？」

キリヤがそう切り出したのは、予《あらかじ》め『相談がある』ということを伝えていたからだ。すっかりいつもの調子に戻った一宮は「それがな」と身を乗り出す。もう役割を終えた光莉は一瞬帰ろうかとも思ったのだが、どうにも口を挟める雰囲気ではなく、そのまま居座ることとなった。単純に話も気になったし、手元のケーキを残して帰るのが忍びなかったからだ。

一宮はわずかに声を潜めた。

「実は、知り合いに古書店の店主がいるんだがな。そこに最近、大量の本が持ち込まれたんだ」

売りに来たのは一人の若い女性。彼女は亡くなった伯父の蔵書を売りに来たのだという。

「父方の伯父さんらしいんだけどな。彼女の父親はもう亡くなってるし、祖父母もいない。おまけに伯父の息子も数年前に亡くなってるとかで、彼女しか遺品の受け取り人がいなかったらしいんだよな」

「それで、その本になにか書き込まれていたってことですか？」

「いや、本の方は綺麗なものだったらしい。問題は栞《しおり》でな」

「栞？」とキリヤは怪訝《けげん》な顔をする。

「本に栞が大量に挟んであったらしいんだ。しかも、一冊に何枚も。んで、その栞によくわからない記号のようなものが書いてあったんだってよ。で、店主が気味悪がってな。なんか良くないものなんじゃないかって……」

「よくないものって、お札みたいなものだったんですか？」

「そういうわけじゃないんだが。まあ一度、見てみてくれや」

「わかりました」とキリヤがうなずく。どうやら話はまとまったようだ。

三人は食事を終え、席を立つ。

今回の会計は、先日のお詫《わ》びということで一宮が払うことになった。小さな可愛らしいレジカウンターの前で、大きな身体を丸くして彼が会計をする。そんな一宮の後ろで、光莉はキリヤを見上げ、ふふふ、と笑みをこぼした。

「どうかしましたか？」

「んーん。なんだかんだ言って、一宮さんの頼み事は聞いてあげるんだなぁって」

キリヤは光莉の言葉に僅かに目を見開くと「……別に」とそっぽを向いた。

「一宮さんがあの部屋を勧めたの、単に僕のことをからかうだけが目的じゃないってわかってますから……」

その言葉に、光莉はじっとキリヤの方を見あげた。

「なんですか？」

「ううん。キリヤくんって結構人のこと見てるんだなぁって思っただけで」

「心配かけている自覚は、ちゃんと持ってますよ」

そう言いながら一宮の背中を見つめるキリヤは、いつも以上に何処か大人びているように見えた。

4

キリヤが一宮の知り合いの古書店を訪ねたのは、翌週末のことだった。商店街の一角にある三階建ての古いビル。その一階に、どこか堂々とした雰囲気を漂わせて目的の古書店はあった。アーケードにせり出すように外に置かれている棚とワゴン。その中には比較的安価な本がぎゅうぎゅうに詰まっている。奥は更に雑然としていて、床から生えている本のタワーに、天井から埃を落とす年代物の大型の本。見たことのない雑誌が創刊号から並び、なぜか壁には大戦時の召集令状のコピーが貼り付けてあったりもする。

きっと歴史の資料として有益なものなのだろうと想像しつつ、キリヤは奥に座る店主だろう人物に声をかけた。

「すみません。一宮さんに頼まれた者ですが」

その声に、白髪の店主は顔を上げ、眼鏡の奥の瞳をこれでもかと見開いた。そして、ほうれい線を更に深めて、唇を引き上げる。

「ああ、待ってたよ」

歳《とし》を積み重ねた渋くて丸い声。彼は眼鏡を押し上げた後、キリヤに手招きをした。そのままカウンターの奥にある扉にキリヤをいざなう。

「例の本は、この奥の部屋に用意してあるよ。持ち込んだお嬢さんも一緒にね」

扉の先は廊下になっていた。窓のない、暗い廊下だ。そこを進むと、すぐにそこそこ広いスペースにたどり着いた。八畳の和室が二間である。壁際には本棚があり、足元にも本が積み重なっていた。

そこで先に待っていた人物に、キリヤは驚きの声を出してしまう。

「あ、キリヤくん」

「……なんで七瀬さんがいるんですか？」

光莉は困ったような笑みを浮かべながら事情を説明してくれた。

「一宮さん。なんかお孫さんのお食い初めがあるみたいで。代わりに私が」

「お食い初め……？」

「ほら、一宮さんのところお孫さん生まれたばかりでしょう？　なんか生後百日目にする行事みたいなものがあるらしくて、私も詳しくは知らないんだけど、ご飯を食べさせる真似をするみたい。で、それにはどうしても出ておきたいからって……」

「なるほど」

思わず呆れたような声が出たが、まあ、彼らしいといえば彼らしい。

光莉の奥にはもう一人女性がいた。年齢は光莉より少し上に見える。きっと彼女が伯父の本を持ってきたという女性だろう。彼女の足元には、大きな段ボールがいくつか重なって置かれていた。

光莉の奥にいる女性はキリヤを認めると少し驚いたような表情になった。そして、僅かに頬を染める。もうそれだけでキリヤは反射的に帰ってしまいたくなったが、そこはこらえて八畳間に足を踏み入れた。

「今日はよろしくお願いします」

事情は一通り聞かされているのだろう、彼女はそう言って深々と頭を下げた。キリヤもそれに倣い「よろしくお願いします」と頭を下げる。

「んじゃ、とりあえず、自己紹介から始めようかね」

そう言って場を仕切りはじめたのは、キリヤの隣に立った白髪の店主だった。

店主は田中文吉《たなかぶんきち》、女性の方は小日向杏子《こひなたきょうこ》と名乗った。小日向の伯父——今回持ち込まれた本の持ち主の名前は望月靖記《もちづきやすのり》といい、生前は小日向とも良好な関係を築いていたという。

「形見なので、本当は売りたくないんですけど、私の家、こんなに本を置けないので。だから、捨てるよりは誰かに貰ってもらえるほうがいいかなってここに持ち込んだんですけど……」

「変な栞が見つかった？」

キリヤの問いに小日向は深々と頷いた。

「はい。栞を全部処分して本を売るってことも考えたんですが、伯父さんが意図的に残したものなら、どうしてそんなものを残したのか、理由を知りたいと思いまして」

「こっちとしてもちょっと不気味だからねぇ。まあ、本自体に何か瑕疵《かし》があるわけではないから、もし栞の意味がわからなくても買い取ろうと思っているんだけど。意味がわかればそれに越したことはないからね」

店主である田中も、キリヤを呼んだ理由をそう説明した。

「栞の位置は動かしてない。本を傷つけない程度で存分に調べてくれ。頼むよ」

田中の言葉に、キリヤは早速段ボールのそばに膝をついた。一番上の段ボールを手に取り、そのまま畳の床に下ろす。そして蓋を開けた。

段ボールの中にはこれでもかと文庫本が詰まっていた。その中の一冊を手に取りぱらぱらとめくってみると、田中や小日向が言っていたように間にはいくつもの栞が挟まっている。一冊の本に平均三枚程度。多い場合は五枚程度挟んであった。

本を確かめていると、隣に光莉がしゃがみこんできた。そして、三枚の栞が挟んである文庫本を手に取る。

「これがもし本当に栞として使われていたのなら、靖記さんはこの一冊を読むのに三日ぐらい使ったってことなのかな？」

「そうかもしれませんね。ただ、三枚栞が使われているのなら、その本を読むのにかかった日数は四日ですよ。最後のページに栞が挟んであるのなら別ですが」

「あ、そっか」

「伯父さんは読書家でしたが、寝る前にしか本を読まなかったので、一冊読むのにかかる日数はだいたいそのぐらいで合っていると思います」

膝に手を置いた状態でキリヤと光莉を見下ろしながら、小日向がそう言った。

その情報に、キリヤは下唇を撫でる。

「つまり、これはきちんと栞として使われていたってことですね」

「普通は一枚の栞を使い回すよね？　靖記さんは毎日栞を変えていたってこと？」

「そうなりますね」

「それにしても、お嬢さんは随分と伯父さんのことをよく知っているんだね」

そう言ったのは、田中だ。確かにいくら仲が良かったとしても、所詮は伯父と姪の関係だ。本を読む時間帯などといった日課のようなものを知っているのは大変珍しいのではないだろうか。

その疑問に小日向はわずかに視線を下げた。

「父を早くに亡くした私にとって、伯父さんはお父さんのような人でしたから」

そのまま小日向は、堰を切ったように靖記との思い出を語り始めた。

小学生の頃に一緒に誕生日を祝ったこと。参観日に来てもらったこと。クリスマスにサンタ姿で現れた伯父を見て、サンタの正体を知ってしまったこと。母子家庭なのを同級生に揶揄われ悔しい思いをしているときに、靖記が『僕のことをお父さんだと思ってもいいよ』と言ってくれて、とても嬉しかったこと。母親が夜遅くまで帰ってこられないような日は、一緒に布団に入って絵本を読んでもらったこと。

小日向は段ボールの中の本を見ながら、少し寂しそうな笑みを浮かべた。そんな彼女に店主である田中はうんうんと重たく頷く。

「本当に仲が良かったんですね、靖記さんと。クリスマスや誕生日も一緒に過ごしてただなんて、本当に良くしてもらいましたね」

「はい。母が忙しい人で夜勤もありましたから、きっと気にかけてくれたんだと思います。家も近かったですし。わがままもたくさん聞いてもらいました。一週間のうち、三、四日は一緒にいてくれて。……本当に申し訳なく思っています」

「靖記さんは、どうして？」

「糖尿病による心筋梗塞で。糖尿病の方は前々から治療をしていて、経過は良好だったんですけどね。近所の方が庭で倒れているのを発見したらしいのですが、見つけたときには、もう……」

当時のことを思い出したのか、小日向は苦しそうな顔で首を振る。

キリヤは小日向の思い出話を聞きながら、今度は栞の方を調べていた。

栞に書かれていたのは記号の羅列だった。○や□や△の中に、魚や花やハートといったマークが描かれている。それが一枚の栞にびっしりと詰め込まれていた。

キリヤは顔を上げて小日向に語りかける。

「小日向さん、靖記さんがこういったものを遺す人物に心当たりは？」

「え？　心当たり、ですか？」

「はい。もしこれが、ただの落書きではなく暗号だった場合、この暗号を解ける相手がいるということになります。その人物のことを聞かせていただけると、暗号解読の手助けになると思うのですが」

小日向はしばらく思案した後、首を振った。そして「すみません」と力なく言う。

「私、伯父さんの交友関係は詳しくなくて。友人もそんなにいなかったと思いますし。……あの、私かお母さんに向けてってことはありませんか？」

「もちろん可能性としてはあります。しかし、これらを見てピンときていないのなら、違うのかな、と。お母さんにはこれを見せましたか？」

「はい。でも、なにもわからないって……」

「そうですか」とキリヤは頷く。それならばアプローチを変えてみるしかないだろう。

こういった種類の暗号ならば無理やり解読する方法もなくはない。

キリヤが思案げな顔で顎を撫でたそのとき、光莉が「あっ！」と声を上げた。

「伯父さんには子供がいたんですよね？　その子供に向けてってことはないですか？」

光莉の言葉に小日向は目を見開いた。しかし、しばらく考えた後に、彼女はやっぱり首を振る。

「おそらく違うと思います」

「それはどうしてですか？」

「悟《さとる》さん——あ、伯父さんの子供の名前なんですけど。悟さん、三年前に自殺してるんですよ。自宅の庭で、首を吊って……」

場の空気が固まった。子供が亡くなっているとは聞いていたが、まさか自殺していたとは思わなかったのだ。小日向は靖記との思い出を語っていたときのような明るさを潜めて、神妙な面持ちでその先を語る。

「いや、あの、別に。自殺しているからどうって話じゃなくて、一年前に私がプレゼントした本にも栞が挟まっていて、伯父さんが亡くなったのは半年前だから……あの」

つまり、悟が亡くなった後にも栞を残しているから、暗号を残した相手は悟ではないのだろうという話のようだ。

「ちなみに、悟さんはどうして亡くなったんですか？」

「それは、その、学校でいろいろあったらしくて、引きこもりになってしまったんです。それから伯父さんに暴力まで振るうようになったみたいで……」

「伯父さんの奥さんは？」

「悟さんが小学生の頃に離婚してそれっきり。行方はわからないみたいです」

キリヤの質問に、小日向は視線を落としたままそう答えた。話が話だけに彼女の表

栞

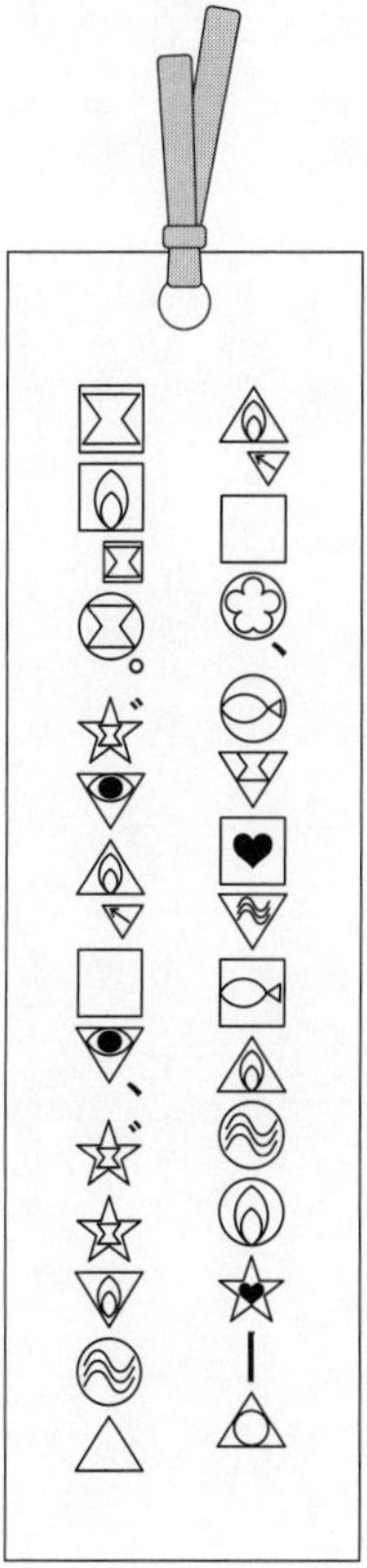

情は暗い。本当ならばそれ以上は突っ込んで聞かない方がいいのだろうが、キリヤは更に質問を重ねた。

「小日向さん、悟さんとはいくつ年齢が離れていたんですか？」

「え？　……七つほど悟さんの方が上でした」

「引きこもりはいつから？」

「中学生ぐらいからだと。……それがなにか関係があるんですか？」

「いえ。少し気になったものですから」

キリヤはもう興味がなくなったとばかりに小日向から視線を外し、栞を確認する作業へ戻る。光莉もその場に膝をつき、キリヤの手元を覗き見た。

「キリヤくん、なんとかなりそう？」

「そうですね。……これを見てわかることは、おそらくこれがひらがなに対応した換字式暗号だということですね」

「つまり、この記号一つ一つが、ひらがなに対応している暗号ってことね」

今までキリヤにさんざん付き合ってきたからか、『換字式暗号』の意味はわかるようになったらしい。光莉はキリヤと同じように本を手に取ると、栞を確認した。

キリヤは、今度は田中へ質問を投げかける。

「本は全部で何冊ありますか？」

「ざっと見る限り千冊以上だな。もしかしたら、もうちょっとあるかもしれん」

「そうですか。……それなら、解けそうですね」

「どういうこと？」

「今から僕がやろうと思うのは、頻度分析です。……と言っても、日本語は漢字やひらがな、カタカナといった複雑な要素からなる言語ですからね。暗号解読のヒントとして頻度分析を使うという形ですが」

「えっと。お手数なんですが、意味がわかるように説明をお願いします」

光莉が心底わからないというような声を出す。他の二人もキリヤが何を言っているのかわからないようで、顔を見合わせていた。

「そうですね……。七瀬さんは『踊る人形』という小説を読んだことはありますか？」

「え。踊る人形？」

「それって、コナン・ドイルが書いたやつか？　それとも、森川智喜《もりかわともき》の――」

「コナン・ドイルの方です。シャーロック・ホームズシリーズの」

キリヤの質問に答えたのは、田中だった。有名小説とはいえ、パッと本が出てくるあたり、さすが古書店店主である。光莉の方は読んだことがないらしく、二人を見ながらぽかんとしている。キリヤは彼女に身体を向けた。

「その小説の中で、シャーロック・ホームズはとある男性から『子供の落書きのように見える暗号』を解くように依頼されます。その落書きは棒人間のようなものだったんですが、結果として、悲劇は起こってしまい、その男性は亡くなってしまうのです。その暗号解読に用いた方法が頻度分析なんです」

「えっと。――で？」

もっとわかりやすく話してほしいと言外に言われ、キリヤは一瞬固まった後、諦めたように首を振った。

「わかりました。前置きは省きますね。つまりですね、英語で一番多く使われるアルファベットは『E』だということです。その小説の中で、シャーロック・ホームズは棒人間の一つ一つがアルファベットに対応していることを看破し、その中で一番多く使われている棒人間が『E』だということを言い当てるんですよ」

「つまり、文字の頻度を調べれば――！」

「日本語でも同じことができるということです。使われている記号の頻度を調べて、日本語の頻度表に当てはめる。ちなみにとある研究では、成人した男女が会話で使う文字として『イ』が一番頻度が高いという結果が出ています。次いで『ン』『ウ』。暗号学の研究をしている人の本によれば、日本語は『濁点』と『ウ』を使わないで文章を作るのは難しいとありますね。ただ、それだけではもちろんすべての記号をひらがなに変換できるわけではない。その他の要素も組み合わせます。『踊る人形』でシャーロック・ホームズが夫人の名前や文脈から暗号を解いていったように」

「その他の要素って、なにがあるの？」

「いくつか栞を見ていて気が付きました。この栞、裏に日付が書いてあるんですよ。全部を確かめたわけではないので絶対とは言えませんが、僕が見た栞には必ず日付が書いてありました」

「えっと、それはどういうこと？」

「つまり僕が言いたいのは、これは日記ではないか、ということです」

「日記!?」

驚いた声を出したのは小日向だった。彼女は両手のひらをギュッと握りしめながら、キリヤを見つめていた。その目には明らかな狼狽《ろうばい》が見て取れる。

「ええ。これを日記だと仮定すると、どうして小日向さんの伯父さんが暗号を用いたのかがわかる。日記を他人に読まれないようにするための鍵として、彼は暗号を使っていたんです。つまりこれは、人に向けた暗号ではなく、自分に向けての暗号だった。そして、これが日記なら、更に見えてくるものがある」

「見えてくるもの……？」

「この人の癖かなにかでしょうね。この栞に書かれている記号の羅列は、△の中に火のようなマークを先頭にした四文字で始まることが多い。そして次の記号、▽の中に矢印のマーク。なぜかこれは他のものよりも小さめに書かれている。これが意図的なものだとすると、ここに入るのは拗音、もしくは促音ということになります。具体的に言うと、小さい『ゃ』『ゅ』『ょ』か、小さな『っ』ということですね。そして、これが日記だということを鑑みれば、この四文字は『きょうは』なのではないかという推測が立ちます。これで四文字分の解読ができたことになります」

その瞬間、光莉が「わぁ」と声を上げた。キリヤとしては四十六文字中の四文字だが、彼女にとってはどうやら違うらしい。

「次に見るべきは、この記号の作りです。これらの記号の大半は△や◯の中に別の記号が書かれることにより成り立っています。ここで注目するべきは、内側と外側の記号の種類です。僕が確認したところ外側は、◯、△、□、☆、▽の五種類しかありませんでした。そして、内側に描かれている記号の種類は火、魚、波線など、全部で九種類。この時点でもう『う』が『□』だということが判明していることを考えると、この暗号は母音と子音の組み合わせで成り立っているのではないかということが推測できます。わかりやすく言うと、ローマ字と同じ作りということですね。つまり、◯、△、□、☆、▽が母音『a』『i』『u』『e』『o』のどれかに対応しているということがわかるんです。そして先程解いた『きょうは』の『き』から子音『k』が火のマーク、母音『i』が△。『ょ』から子音『y』が矢印のマーク、母音『o』が▽。『う』は母音『u』で□。『は』から子音『h』が花のマーク、母音『a』が◯だということがわかります。そして残った☆が『e』だということも消去法で判明します」

即席で作った手元の五十音表は、もうすでに『あ行』と『か行』と『は行』と『や行』が埋まっている。母音がもう判明していることもあり、この表が埋まるのもあと一息という感じだった。

キリヤは更に栞を手に取り、解読を続ける。

「こういう感じに、砂の山を切り崩すように解読をしていくんですが――」

「待ってください！」

そうキリヤの言葉を遮ったのは、小日向だった。彼女は先程よりも明らかに動揺していた。下唇を噛み締めながら、目をしきりに泳がせている。

「それ、本当に日記なんですか？」

「おそらく」

「日記……」

小日向は震える声を出しながら俯いた。彼女の動揺に、光莉は目を瞬かせる。

「どうかしたんですか？」

「あの、えっと……」

「あ。もしかして、人の日記だから読むのにためらいがあるとかですか？　確かに――」

「おそらく違いますよ」

キリヤがそう口を挟むと、光莉は「え？」と少し驚いた顔でこちらに顔を向ける。

視界の端で小日向がわずかに震えるのが見えた。

「小日向さん、貴女はもしかして怖いんじゃないですか？」

「怖い？」

「伯父さんに恨まれているかもしれない。貴女は心の何処かでそう思っているのでは？」

キリヤの言葉に光莉の視線も小日向に向く。

「別に、なにか証拠があるわけじゃありません。ただ、貴女の話を聞いて、反応を見ていたら、そうじゃないかと思っただけで」

「どういうこと？　小日向さんと靖記さんの仲は良好だって話だったよね？」

「ええ。良好だったと思いますよ。クリスマスも誕生日も一緒に祝い、一週間のうち、半分以上靖記さんは貴女と一緒にいた。思い出補正を差し引いたとしても、二人の仲は良好だったと言わざるを得ない。……でもそれならばなぜ、貴女は『申し訳なく思っている』のでしょうか」

光莉は眉根を寄せ「え?」と言葉を漏らした。

「思い出してください。小日向さんが靖記さんとの思い出を語ったときの言葉です」

キリヤは頭の中で、小日向の言葉を思い出しながら口を開いた。

「『わがままもたくさん聞いてもらいました。一週間のうち、三、四日は一緒にいてくれて。……本当に申し訳なく思っています』」

キリヤの言葉に光莉も思い出したのだろう、「あ……」と声を漏らした。

「僕はそれを聞きながら思ったんですよ。どうして『ありがたかった』とか『嬉しかった』とかではなく『申し訳なく思っています』なのだろう、と。そして同時に、彼女にはなにか後ろめたいことがあるんだな、とも思いました。それで、話を改めて思い返してみたんです。そうしたらすぐにわかりましたよ。小日向さんは伯父さんの息子である悟さんのことで負い目を感じていたんですよね? 彼が引きこもりになったのは、社会復帰できなかったのは、自殺してしまったのは、彼から父親を奪ってしまった自分のせいだ、と」

瞬間、小日向がひゅっと息を呑んだ。彼女は下唇をぎゅっと噛みしめ、小刻みに揺れる瞳でキリヤのことを見つめている。

「話を聞く限り、小日向さんと伯父さんの思い出は小学校低学年から始まっています。『サンタの正体を知った』と言っていたので、少なくともサンタを信じていた年齢ということですね。小日向さんが当時六歳だと仮定すると、当時の悟さんは七歳年上なので十三歳ということになります。これは中学一年生、もしくは二年生の年齢になります」

「悟さんが引きこもりになったのは、中学生……」

「そうです。にもかかわらず小日向さんの伯父さんは一週間の半分以上、小日向さんの家に入り浸っていた。傷ついて引きこもっている我が子が家にいるにもかかわらず、です。そこに彼女の『わがままを聞いてもらった』という言葉を足して考えると……自《おの》ずと答えは見えてきませんか？」

瞬間、光莉が眉根を寄せた。きっとキリヤの言いたいことが全て伝わったのだろう。

「つまり、小日向さんが靖記さんに『帰らないで』と願ったってこと？」

「そうですね。ただ、本当に『願った』だけなら彼女はきっとここまで悔やんでいないと思います」

キリヤは一呼吸置いて、小日向に向き合った。彼女が身を固くするのが傍目《はため》にもわかった。

「僕だってもう忘れかけていますけど、子供って、案外子供じゃないんですよ。僕が覚えている最も遠い記憶は四歳のときです。両親がちょっとしたことで喧嘩して、まあ、喧嘩自体は些細《ささい》なものだったんですけど、僕はその喧嘩を止めるために椅子から落ちて少し怪我をしてみせたんですよ。そうしたら、両親は僕のことを心配してくれて、喧嘩は有耶無耶《うやむや》になりました。そういう気が使えるんですよ、子供って。自分が口で言ってもどうにもならないとか、なにをどうすれば場の空気が変わるとか、わずか四歳でも察することができる。六歳ぐらいになると、自分がどう動けば、何を言えば、大人がどう動くか、それなりにわかっている子供は多い。大人も子供がそこまで考えて動いているとは思わないから、簡単に騙されてしまう。だから、おそらく小日向さんは『願った』というより、『そう仕向けた』んですよ。……そこには明確な意図があった」

だから、貴女は『申し訳なく思っている』んでしょう？

そう視線で尋ねると、小日向は覚悟を決めたように息を吐いた。そして、視線を落とす。

「……最初は、寂しかっただけだったんです」

その声は、先程からは想像ができないほど冷静だった。

「その頃、私、お父さんが死んだばっかりで、お母さんも泣いてばっかりだし、私も寂しいしで、なんていうかいろいろめちゃくちゃだったんです。感情はもちろんなんですけど、周りも色々雑多になってきて、部屋は汚くなるし、人間関係もうまくいかなくなるしで、なんかもうボロボロって感じで。そんなときに、見かねた伯父さんが声をかけてくれたんです。『大丈夫？』『伯父さんがしばらく一緒にいようか？』って。お父さんと伯父さんが兄弟で似ていたこともあったんでしょうね、私はすぐに伯父さんをもう一人のお父さんとして認識するようになりました。だけど伯父さんには本当の子供がいて、どうやっても私の本当のお父さんにはなってくれない。そんな当時の私にとって、悟お兄ちゃんはすごく邪魔な存在だったんです」

小日向の胸のあたりで握られた両手に、ぎゅっと力が入った。

悟の呼び方が『悟さん』から『悟お兄ちゃん』に変わっているのは、きっと当時そう呼んでいたからだろう。

「最初はわきまえてました。伯父さんは悟お兄ちゃんのお父さんで、私のお父さんではないんだって、自分に何度も言い聞かせました。それでも伯父さんが自分の家に帰っていくときは寂しくて、もう二度と帰ってこないお父さんの背中を思い出しては、何度も泣きそうになってしまって。いつか伯父さんも私の家に来てくれなくなるんじゃないかって考えたら夜も眠れず、明け方まで布団にくるまって泣いてるなんてことも結構ありましたね。そんなことが一ヶ月ほど続いたある日、たまたま仕事が休みで、私が小学校から帰ってくるより先に伯父さんが家で待っていてくれて。伯父さん、庭木にホースで水をやりながら『杏子ちゃん、おかえり』って。それがお父さんとどうしようもなくかぶってしまったんです。私のお父さんもよく仕事が休みの日はそうやって出迎えてくれたから。それで、私とうとうこらえきれずにその場で泣いてしまって。おかしいですよね、そんな一言で泣くなんて。でも、誰もいない家に『ただいま』って言い続けるのが、そのときの私にはちょっと耐えきれなくて。お母さんもすぐに帰ってきてくれるってわかってはいたんですけど、どうしても……」

その言葉にキリヤの胸が僅かにきしんだ。習慣化した『ただいま』に、何も言葉が返ってこない痛みを、キリヤも確かに知っている。毎日言ってもらっていたわけでもない『おかえり』が、懐かしさを超えて恋しくなる時がある。

「その日、初めて伯父さんに『帰らないで』って縋《すが》ってしまったんです。そうしたら伯父さんは私の家に泊まってくれて……。私、本当に、本当に、嬉しかった。寝るまで手を握ってくれた伯父さんからはお父さんと同じ匂いがして、見上げた横顔もそっくりで、まるで本当にお父さんが帰ってきてくれたみたいでした。私が夜な夜な泣いているのがバレていたんでしょう、お母さんも心なしか落ち着いたような、ホッとしたような、そんな優しい表情を浮かべていました。それから、伯父さんは一週間に一度ほどの頻度で家に泊まりに来てくれるようになったんです」

話しているうちに当時の気持ちを思い出したのだろう、小日向の声にはわずかに喜びが滲《にじ》んでいた。しかし、明るい声が出せたのもそこまでだった。彼女の声はまた低くなる。同時に頭も少し下がった。

「伯父さんが家に泊まってくれることに喜びを感じながらも、私の頭の中には悟お兄ちゃんに対する罪悪感がありました。子供ながらにお父さんをとってしまっている、という自覚があったんです。お父さんがいなくなってしまう寂しさは、当時の私には痛いほどわかっていました。だから私、意を決して聞いてみたんです。『悟お兄ちゃんは、大丈夫なの？』と、そしたら伯父さんは少し困ったように笑って『大丈夫だよ。きっと悟は僕が帰ってきてないことにも気が付いてないんじゃないのかな』って。そのとき初めて悟お兄ちゃんが学校を休んで、部屋に引きこもっていることを知りました。そして、伯父さんに暴力を振るっている事実も。……私、腹が立ったんです。こんなにいいお父さんがいるのに、そのお父さんのことをぞんざいに扱う悟お兄ちゃんに。そして同時に、伯父さんがいらないのなら、私がもらおうと思いました。そこからは、伯父さんの理想の子供になるように必死で頑張りました。学校にきちんと行って、友達も作って、テストも頑張って、家に来たときは歓迎して、常に機嫌よく、でも無理しているってバレないようにたまにわがままも言ったりして、甘えたりもして。私は私を伯父さんの求める理想の子供にしていきました。時には仮病を使って心配させたりもして、なんというか、ずるいこともたくさんしましたね。私の努力はゆっくりと実って、伯父さんは居心地の悪い自宅から、居心地のいいうちの家に長くいてくれるようになりました。当時、私は自分のしていることがどんなに罪深いものなのか、考えもしませんでした。策を練ることはできるくせに、人の気持ちを考えることはできなかったんです。いいえ。もしかすると考えないようにしていたのかもしれません。だって、最初はやっぱり罪悪感があったから。罪の意識があったんです。でも私は、自分に都合の悪いことからは目をそらした。だから結局、私はやっぱりただの子供だったんです」

小日向はそこで一度しっかりと息を止め、幼い頃を振り返るように固く目を閉じた。

「私が自分のしてしまったことに気がついたのは、中学生になってからです。その頃の私は、自分勝手ですが父親を恋しく思う気持ちが薄れていて、数日おきに来てくれる伯父さんのことをちょっと面倒くさいなぁなんて思っていたりもしたんです。もちろん、嫌いになったとかじゃありません。だけど、思春期特有の反抗期と言うか、甘えの上に成り立つ反発心を抱いていて、小学生の頃ほど伯父さんに甘えるようなことはなくなっていました。そんなある日のことです。悟お兄ちゃんが自殺未遂を起こしました」

今度は聞いている方が息を詰まらせる番だった。

彼女はキリヤたちの反応を予想していたのか、そのままのトーンで話を続ける。

「発見が早かったためか、幸いにも悟お兄ちゃんは一命をとりとめました。伯父さんはそれからずっと悟お兄ちゃんにつきっきりになりました。当時の私は、もう昔のようにそのことに嫉妬心は抱きませんでした。というか、どこか遠い世界の話としてその話を聞いていました。この期に及んでも私は、自分がしでかしたことに気づかず、のうのうと、あっちの世界は大変だなぁ、なんて対岸の火事のように悟お兄ちゃんの自殺未遂を考えていたんです。自分のいる位置は対岸なんかではないと気がついたのは、お母さんに言われて、悟お兄ちゃんのお見舞いに行ったときです。悟お兄ちゃんの病室には伯父さんがいました。伯父さんは私がお見舞いに来たことにも気が付かず、眠っている悟お兄ちゃんにこう語りかけていました。『ごめんな。もっと一緒にいてやればよかったな』『あのとき、振り切っていれば……』って。……最後には『恨んでも恨みきれない』って」

最後は言葉になるかならないかぐらいの小さな声だった。そこまで黙って話を聞いていた光莉が「恨む……？」と訝しげな顔で小日向の言葉を反芻する。

「はい。私の浅はかな企《たくら》みは、きっと全部伯父さんにバレていたんです」

「だから貴女は、伯父さんに恨まれていると思っているんですか？」

キリヤの言葉に、小日向は深く頷いた。

「でも、伯父さんは最期まで私のことを憎んでるなんて、おくびにも出しませんでした。だから、私も伯父さんの言葉を忘れようとしました。だって、つらくて受け止めきれなかったんです。伯父さんが私のことを恨んでいるだなんて。でも、日記にはっきりと私のことを憎んでいるなんて書かれていたら、もう受け止めるしかなくなってしまうじゃないですか」

気持ちをすべて吐露し終えたのだろう、小日向はそこで大きく息をついた。しかし、気持ちをすべて吐き出したからといって小日向の表情が晴れるわけもなく、判決を待つ被告人のような表情で、彼女はじっと俯いていた。

「大丈夫だと、思いますけどね」

そう言って、キリヤは栞を一枚、小日向に差し出した。それは、段ボールに入っていたものの中でも比較的新しい本の間に挟まっていたものだった。奥付を見るに発行は一年ほど前のものだ。そして続けざまに、先程埋めたばかりの五十音表も彼女に手渡す。

「読むか読まないかはおまかせしますが。とりあえずその栞を読んでから、判断してみたらどうですか？」

そう言ってキリヤは、畳の上に置いていた黒いキャンバス地のトートバッグを手に取った。そして、店主の田中に軽く会釈をし、小日向に背を向ける。

その場を去ろうとする彼に、小日向が「あの！」と声を張った。キリヤは振り返る。

「僕は解読が終わったので帰ります」

「でも……」

「大丈夫ですよ。貴女はちゃんと愛されていたと思います」

　本当はこんなことを言うべきではないのだろうと思う。何も知らない他人の人間関係に、部外者が知ったかぶりをして口を出すべきではない。だけど、とも、思うのだ。部外者だからこそ、なにもそこに感情がないからこそ、見えるものももしかしたらあるのかもしれない。今回、キリヤにはそれが見えたような気がした。

　どうしようもなく狼狽えた小日向の瞳が、キリヤを映す。そんな彼女にもう一度頭を下げ、キリヤはその場を後にした。


「結局さ、あの栞にはなんて書いてあったの？」

　光莉がそう聞いてきたのは、古書店からの帰り道だった。キリヤの後を追うように古書店から飛び出してきた彼女は、そのまま一緒に家路についている。もともと彼女に任されていたのはキリヤの付き添いであって、例の古書店にも小日向にも何ら用事はないのだ。キリヤが帰るというのならば、光莉も帰るのが自然な流れである。

　キリヤは隣の光莉を一瞥《いちべつ》した後、「秘密です」と感情なく答えた。その答えを予想していたのか、はたまたそこまで興味がなかったのか、彼女はそれ以上食い下がることなく「そっか」と視線をキリヤから外した。

「でもまあ、悪いことは書いてありませんでしたよ」

五十音表

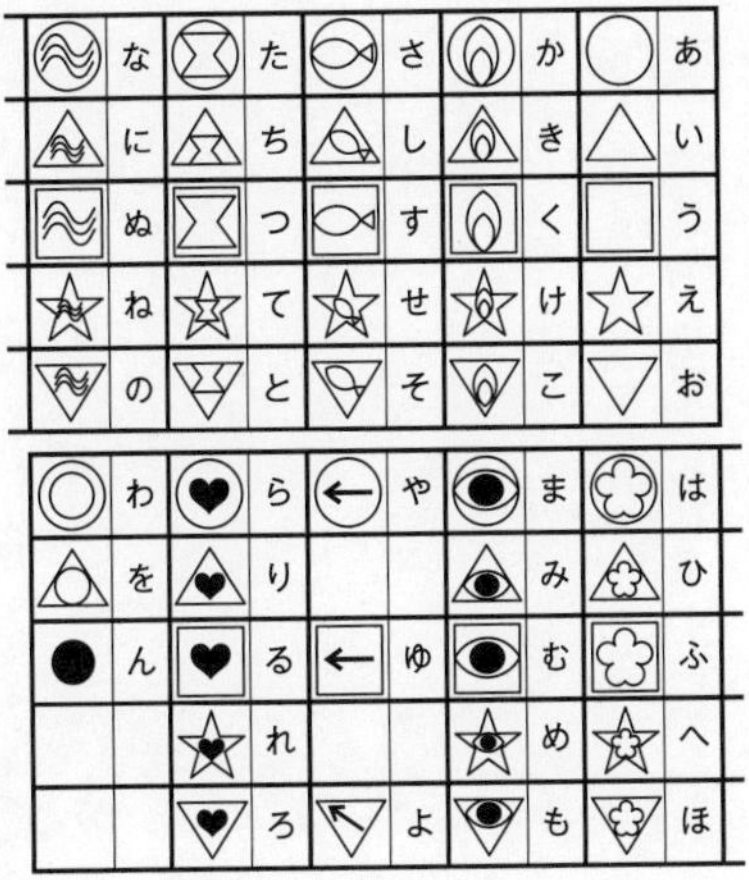

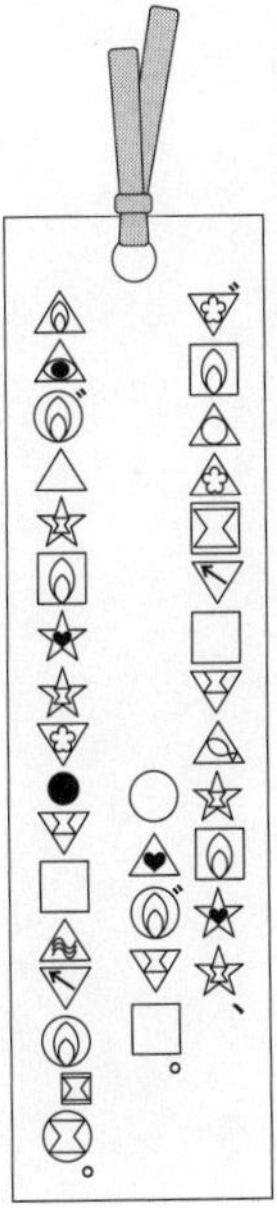

五十音表とともに
渡した栞

「そうだろうね。小日向さんの言っていた伯父さんの言葉、『あのとき、振り切っていれば……』も『恨んでも恨みきれない』も、明らかに伯父さん自身に向けた言葉だったもんね」

光莉の言葉は、キリヤが古書店から出るときに考えていたものと同じものだった。

小日向の伯父は、自分の心が安らげる場所にいたいという欲求を『振り切れなかった』自分自身を、『恨んでも恨みきれない』と表現したのだろう。もちろん小日向の言う通りの解釈である可能性もあるのだが、だとしたら、靖記はもうちょっと彼女に対する恨みつらみを表に出していたと思うのだ。

だって結局、彼の子供は自殺してしまったのだから。

「小日向さん、優しい人だったからさ。罪悪感でいろんなものが歪《ゆが》んで聞こえたんだろうね。子供がわがまま言っちゃうのは当たり前なのにね」

「そうですね」

「……それにしてもさ。逃げるしか、なかったのかなぁ」

少し落ち込んだような光莉の声に、キリヤは再び彼女を見下ろした。

「靖記さん。暴力を振るわれていたのなら、逃げるしかなかったんだろうなとは思うんだけどね。そのとき、悟さんはまだ中学生だったんだよね。親にさ、甘えたかったよね」

同情や憐《あわ》れみとは少し違うその声は、どこか後悔を含んでいるように聞こえた。

「いや、中学生ぐらいの子が本気で暴れると手がつけられないってのはわかってるんだよ？　場合によっては人ぐらい簡単に殺しちゃうってのも、ちゃんとわかってる。それでもさぁ、なんとかしてあげられなかったかなぁって思うんだよね」

「七瀬さんが、ですか？」

「私がっていうより、こう、公的な機関がさ。どこか、だれか、相談に乗ってあげられなかったのかなぁって。バラバラになってしまう前に誰かがつなぎとめてあげられなかったのかなぁって」

その言葉を聞きながら、責任を感じているんだな、とキリヤは思った。警察機関に属する人間として、自分たちが取りこぼしてしまった人間に彼女は責任を感じている。当時、四、五歳だった彼女に何ができたというわけでもないのに、なにかできなかったのかと思い悔やんでいる。

「指の隙間からこぼれる砂の数を数えても仕方ないですよ」

「でも、手のひらに残った砂だけを見つめることができる人間なら、警察官にはならなかったと思うんだよねぇ」

苦笑を浮かべる光莉に、キリヤはため息を吐いた。うすうす気がついていたけれど彼女もなかなかの苦労性だ。

「……そういう人ですよね、七瀬さんは」

「でもまあ。結局、隙間だらけの手なんですけどね」

「ままなりませんね」

「ままならないねぇ」

そうこう言っている間に二人はマンションにたどり着く。管理人室には陸野はおらず、キリヤと光莉はそのままマンション内に入り、エレベーターに乗り込んだ。重力に逆らいながら上がっていく箱の中で、キリヤは階数を表示する液晶をじっと見つめていた。

正直、どういう表情をするのが正解かよくわからない。単なる知り合いというには近すぎて、友人というにはなにも知らない、厄介事を持ち込んでくる知人と一緒の場所に帰るという不思議な体験に対する正解の表情がわからない。一宮のことは許したけれど、やっぱりこれはやりすぎだとキリヤは上がっていく箱の中で思った。いくらキリヤのことが心配だったとしても、だ。

エレベーターを降りて、少し歩くと互いの部屋がある。二人はそれぞれ自身の部屋の扉に鍵を挿した。ガチャン、と同時に扉が開く音がする。

「それじゃ」

「うん！　またね」

互いにそんな挨拶を交わす。そして、玄関の敷居をまたいだときだった。

「あ、そうそう。キリヤくん、言ってなかった！」

そんな元気な声が隣から聞こえて、キリヤは敷居をまたいでいた足を引っ込めた。

そして、扉から顔をのぞかせて、光莉の方を見る。

「なにをですか？」

「おかえりなさい」

にっと頬を引き上げながらそう言った光莉に、キリヤはわずかに息を詰めた。数秒遅れて「ただいま、帰りました」と言葉を返すと、彼女は更に頬を引き上げて扉の先へ消えていく。扉が閉まり、鍵がかかる音がした。

キリヤはため息をつく。

——どこまでわかって、言っているのだろう。

まさか、小日向の話を聞いていたときの表情に気づかれたのだろうか。だとしたら、相当恥ずかしい。でも、彼女なら何の気なしにこういうことを言いそうでもある。

「鈍いなら、最後まで鈍いままでいてくれればいいのに」

そう呟いた自分の顔は、一体どういう表情をしているだろう。

どこか疲れたように肩を落としながら、それでも久方ぶりの『おかえりなさい』にわずかに胸が軽くなったような気がした。

5

それは古書店での一件から数日後のことだった。

「あ、この前の刑事さん」

近所のスーパーで光莉はそう声をかけられた。どこかで聞いた声に後ろを振り返ると、そこには小日向がいる。どうやら彼女も光莉と一緒で仕事帰りらしく、どこか疲れた様子でこちらに笑いかけてきた。しかし疲れているのは表情だけで、浮かべた笑顔は先日会ったときよりも晴れ晴れとしているように見えた。

光莉もつられるように頰を引き上げた。

「こんばんは！　こんなところで会うなんて、偶然ですね」

「本当ですね。刑事さんはお家この辺なんですか？」

「あ、はい。この近くですよ。いつもは近所のコンビニとかお惣菜屋《そうざいや》さんで夕食を買って帰るんですが、今日は仕事が早く終わったので、久々に自炊しようかと」

「いいですね。私はクライアントの会社から直帰で、このスーパーには初めて来たんです。今日は——お鍋ですか？」

かごを覗き込みながらそう聞かれ、光莉は困ったように頰を掻いた。かごの中には長ネギが一本と豆腐が一丁。きのこ類と鶏肉《とりにく》。それとポーションタイプの鍋の素があった。

「その予定だったんですけど、どうしようかなぁって。なんというか、一人で鍋ってなんだかちょっとむずかしいなって思ってたんですよね。どうやっても材料が中途半端に余るじゃないですか。私、仕事柄、家に突然帰れなくなることも多いので、家の中にあまり食材残しておきたくないんですよね」

「あー、刑事さんって、やっぱり忙しいんですね」

「あんまり忙しくない方がいい職業なんですけどね。それに、私、一人用の土鍋持ってなくて。去年友人と鍋パしたので、ちょっと大きいのはあるんですけどね。最悪、片手鍋で調理してもいいんですけど、こう、雰囲気出ないじゃないですか」

「出ませんねぇ」と小日向が苦笑いで応じる。

「こういう料理のときに一人暮らしって不便だなって思いますね」

「いっそのこと、一人用の土鍋を買うとか？」

「そうですね。それも考えてました。あと、友人を呼ぶのもいいかなって」

確か、紫が今日は仕事が休みだったはずだ。連絡をすればきっと彼女は喜び勇んでやってくるだろう。茜あたりも声をかけたら来るかもしれない。

そんなふうに話していると、なんだか一緒に買物をする雰囲気ができあがってしまう。

「そういえば、栞の方は読みましたか？」

「あ、はい。まだ全部とはいきませんが、少しずつ読み進めてます。あの、本当は読むのどうかと思ったんですけどね。仮にも日記ですし。でも、手元にあるのに読まないのもなんだかちょっともったいない気がして。もう読まれるように書いた伯父さんが悪いって思うようにしました！　……それに、最初に渡された栞のこともありましたし」

笑みを含んだ声のトーンに光莉は「あの栞、そんなにいいことが書いてあったんですか？」と小日向を覗き込んだ。すると彼女はどこか嬉しそうに微笑みながら頷いた。

「大したことが書いてあったわけじゃないですけどね。……でも、大切に思われていたことが伝わる内容でした」

「良かったですね」

「はい。でも、やっぱり日記ですからね。知れてよかったなって思う十分の一ぐらいの割合で、知りたくなかった話もちょくちょく書いてあって。……特に、三、四年前の日記が、なんかちょっと、暗くて……」

「三、四年前……」と繰り返しながら、光莉はわずかに眉根を寄せた。三年前といえば、彼女の従兄《いとこ》である悟が亡くなったとされる年である。

――もしかして、小日向に対する恨みつらみでも書いてあったのだろうか。

そんな心配をした矢先のことだった。小日向が光莉の服の袖を、つい、と引っ張ってきた。光莉が驚きつつ彼女の方を見ると、小日向はどこか必死さをにじませた表情でこちらを見つめてくる。

「あの、お願いがあるんです」

「お願い？」

「栞の暗号を解いた方の連絡先を、教えていただけませんか？」

あまりにも斜め上の願いに、光莉の口から「え？」と間抜けな声が漏れた。そして続けて「あ、あー……」と言葉にならない音を漏らしてしまう。目も自然に泳いだ。

光莉の脳裏には、キリヤと初めて会ったときの小日向の赤らんだ横顔が浮かんでいる。

「駄目ですか？」

「えっと。……どうでしょう？」

「どうでしょう？」

不思議そうな顔で小日向が首をひねる。

光莉は思わず眉間の皺を揉んだ。――さて、どうしたものか……。

ここで了承してしまうのは簡単なことだが、そうするとキリヤが確実に不機嫌になってしまうだろう。そんなものは、実際にやってみなくてもわかる。彼は自分自身に向けられる好意に辟易《へきえき》しているのだ。でもここで光莉が断ってしまうのも、何様だ、という感じがしてしまう。無難なのは「一度、聞いてみますね」でこの場を乗り切ることだが、正直それも面倒くさい。どっちにしてもそういうことを聞く時点でキリヤが不機嫌になるだろうことがわかり切っているからだ。

光莉は悩みながらも一生懸命に言葉をひねり出す。

「えっと、その、あんまりですね。彼、そういうのが好きじゃない人で……」

「え？」

「できるなら直接聞くほうが、まだましかと」

「……あ、ああ！　違います！　違う！　違うんです！」

急に頬を染めて、小日向は顔の前で両手を振る。その仕草に光莉は再び呆《ほう》けたように「え？」を口から転がした。

「確かに、あの、最初はとても綺麗な人だとは思いましたけど！　その、あまりにも無愛想すぎて！　近づいてくるなオーラもすごかったじゃないですか！　だから、違うんです！　実は、相談したいことがあって！」

「相談？」

「はい。実はどうしても読めない栞があるんです」

その真剣な表情に、光莉は目を瞬かせた。

6

「ってことで、鍋パしよう！」

「ってことで？」

心底意味がわからないといった感じで、キリヤは玄関先で渋い顔をした。光莉がいきなり訪問してきたからか、キリヤは長袖のTシャツにジーパンという、なんともラフな格好をしている。時刻はもう十九時を過ぎており、外はどっぷりと暗くなっていた。

スーパーでの小日向とのやり取りを、光莉はキリヤに話す。それを聞いてもなお、彼は腕を組み「で？」と首をかしげた。

「それでどうして鍋パとやらをしようって話になるんですか？」

「だから、小日向さんが栞の写真を私のスマホに送ってくれるって話になって。それなら一緒に御飯でも食べながら待ってればいいかなぁって」

「なんでそこで、一緒に食事をする、って話になるんですか？　その写真を七瀬さんが僕のスマホに送ってくれればいいだけの話じゃないですか」

「いやまあ、それはそうなんだけどね？　でも、夕食時だし。食事しながら話す方が時間短縮できるかなぁって思って。それに、私もお鍋したいと思ってたから、ちょうどいいかなって。あ！　……もしかして、夕飯もう食べちゃった？」

「いや、それはまだですけど……」

「というか、もしかして食べる気ない？」

「そうですね。今日は面倒くさいので抜こうかと思ってました」

「食事って面倒くさいものだっけ？」

「まあ、そこそこ。食べるのがというより、用意するのが面倒くさいですね」

そうさらっと言ってのけるあたり、これがキリヤの日常なのだろう。もしかすると彼の中で食事は一日三回摂《と》るものではないのかもしれない。一日三食きっちり摂る光莉にとっては別世界の話だが。

光莉は買ってきたばかりの食材が入っているマイバッグをもう一度肩に掛け直す。

これは思った以上に反応がよろしくない。最初の予定では『仕方がありませんね』とかため息を吐きつつも、渋々了承してくれるはずだったのだが。今、光莉の前にいる彼は、了承とは程遠い表情をしている。

「……ちなみにそれ、どこでする予定だったんですか？」

「え。私の部屋だけど？」

キリヤは眉間にしわを寄せたまましばらく黙る。その表情は険しいというより困惑に近いような気がした。彼はしばらく黙った後、ため息とともに頭を掻いた。

「……お節介かもしれませんが。そういうの、あんまりよくないと思いますよ」

「そういうの？」

「人を簡単に部屋にあげない方がいいって話です。七瀬さんのパーソナルスペースが狭いってのは理解しているつもりですが、相手がよくないことを考えている人間だったらどうするつもりですか？　仮にも僕は異性ですし。……いや、同性だからといっていいわけではありませんが」

「キリヤくん、よくないこと考えてるの？」

「そんなわけないじゃないですか」

「そんなわけないならよくない？」

光莉の一言に、キリヤの頬がひきつる。そんな彼をなだめるように光莉は更に言葉を重ねた。

「それに、万が一なにかあったとしても、よほど大柄で柔道経験者の男性とかじゃない限り、私の方が強い気がするし！　大丈夫だよ！」

キリヤを安心させるために放ったその言葉は、どうやら完全に逆効果だったらしく、彼の眉間の皺は更に深くなる。これはもう、心配を通り越して呆れている表情である。

――これはもう、無理かなー。

光莉は頬を掻いた。元より無理強いするつもりのない話だ。光莉のやりたいことと、状況が見事に重なったというだけで、どうしてもというわけでもない。ただ、どうせお隣さんになったのだし、一緒に食事でもできたら楽しいかな、とか、そんなふうに思っただけなのである。そもそも彼は複数の人間で一つの鍋をつつくとかあまり好きそうではない。もしかするとメニュー選びも間違ったかもしれない。

光莉は黙ったままのキリヤに申し訳なさげに笑みを向けた。

「なんか、ごめんね。無理なら全然大丈夫だよ！　あれなら、今からでも別の人呼ぶし！」

「……ちょっと待っていてください」

「え、うん」と光莉が頷くと、キリヤは短くため息をついた後、扉の向こうに消えた。

そして、しばらくした後、彼はビニール袋片手に扉を開けた。肩には先程まではなかった上着がかかっている。

「大根とか白菜は買いました？　あとは、豚肉ぐらいならうちにもありますけど」

「え？　ん？　んん？　……もしかして一緒にご飯食べてくれるって言ってる？」

「それ以外の何に聞こえるんですか？」

呆れたようにキリヤはそう言って、片眉を上げた。そうして、部屋から出て玄関の鍵を閉める。光莉は目を瞬かせた。

「え？　いいの!?」

「色々言いましたが、確かに七瀬さんとなら杞憂のような気がしてきましたので」

「杞憂……」

「僕程度なら問題なく組み伏せられるそうですし？」

その嫌味を含んだ言葉に、光莉は自分の言葉が彼のどこかを障ってしまったのだと知った。と言っても、どこに触れてしまったのかまではわからなかったのだが。

「それに、鍋というのも久しぶりでいいかな、と。一人じゃ、鍋なんてあまりする機会はありませんしね」

「そうだよね！　あ、でも、誘っといてあれなんだけど。キリヤくん、複数の人間で一つの鍋つつくのとか平気なタイプ？」

「別に、あまり気にしませんけど。取り箸と取り皿はあるんでしょう？」

「うん。もちろん」

「それなら問題ありませんよ」

そうして、二人は揃って光莉の部屋の玄関扉を開けた。半日ぶりの我が家は出て行ったときの姿で二人を迎えてくれる。

「意外に綺麗にしてるんですね」

それが部屋に入ったときのキリヤの感想だった。玄関で突っ立っている彼を振り返りながら、光莉は苦笑いを浮かべる。

「ま、あんまり帰ってないと汚くもならないからね」

「忙しいんですね」

光莉はそんなふうに言うキリヤにもう一度笑みをこぼし、キッチンに立った。

「その辺に座ってて。お鍋だし、ちゃちゃっと準備しちゃうから！」

「僕も手伝いますよ」とキリヤは荷物と上着を置いて腕を捲《まく》る。光莉は隣に立ったキリヤを見上げた。

「ありがとう。でもキッチンは狭いから、カセットコンロ出して、お皿準備してくれる？」

「カセットコンロ、どの辺ですか？」

「吊り戸棚の奥」

そう指示を出すと、キリヤは吊り戸棚を開けて奥に手を伸ばした。

「私の身長じゃカセットコンロ出すために踏み台を出さないといけないからさ。助かる」

「七瀬さん、身長何センチなんですか？」

「一六二だったかな？　キリヤくんは？　高いよね？」

「高く見られますが、そこまでじゃないですよ。一七五あたりじゃないですかね」

「あたり？」

「身長なんて高校以来測っていないので」

そう言っている間にキリヤはカセットコンロを取り出す。そして、「ここでいいですか？」と振り返ってから、二人がけの食卓テーブルの上にコンロを置いた。彼は、続けて食器棚の前に立つ。そして、意外そうな声を出した。

「一人暮らしなのに、食器、揃ってるんですね」

「うん。たまに人が来るからね」

「胡蝶さんですか？」

「あ、うん。紫も来るよ」

「あとは？」

「え？　学生時代の友達が多いかなぁ。でも、刑事になってからは仕事が忙しくて全然だね。久々にみんなで集まりたいんだけどね。今年は忘年会も難しいかもなー」

そのとき、キリヤからの視線を感じた。顔を向けると、まるで見たことのない生物を見るような目で彼はこちらを見ている。

「どうしたの？」

「つくづく、七瀬さんは僕と違う生き物だな、と」

「え、私が人間じゃないってこと？　悪口？」

「違いますよ。種類が違うってことです」

「一応、ホモサピエンスの日本人ですが」

「それは、わざとでしょう？　突っ込みませんからね」

冷たくそう言われ、光莉は苦笑を浮かべた。彼女の手元では鶏肉の入った鍋がもうグツグツと音を立てている。美味《おい》しそうな香りが湯気とともにふわふわと上がった。

「種類が違うかぁ。でも、私みたいな人、結構たくさんいると思うなぁ」

「そうですかね」

「ヒナタちゃんとか、そういうタイプだったんじゃないの？　前に、似てる、みたいな話してくれたよね？」

その言葉にキリヤが少し驚いたのがわかった。そんな彼を横目に、光莉は鍋つかみを両手にして、鍋を持ち上げる。そして、そのまま食卓テーブルの上にあるカセットコンロまで移動させた。

「七瀬さんってあんまり躊躇《ためら》いがないですよね。ヒナタの名前出すの」

「いや、多少は気を使ってるよ。でも、キリヤくんが忘れたがってるわけじゃないんなら気にしなくてもいいかなぁって。その人といた時間を忘れることが乗り越えるって意味じゃないと思うし。私も楽しかった時間はいくらでも反芻したいなって思うしね」

「……普段は考えなしのくせに、たまに含蓄のあることを言いますよね」

「あ、褒められた！」

「もしかして、前半聞き取れてないんですか？」

キリヤは呆れたように目を半眼にし、光莉はそれを見ておかしそうに笑った。

そうして、二人は揃って席についた。光莉が「冬はやっぱり鍋だよねぇ」と頰を緩ませると「そうですね」と思ってもみない返事があり、少し嬉しくなる。

「いただきます！」「いただきます」

跳ねるような声と、落ち着きはらった声が重なる。少し深めの取り皿にお玉で掬《すく》った出汁《だし》を少し入れて、その中に菜箸で豆腐と人参《にんじん》としいたけを取った。鶏肉から出た脂で野菜が艶やかにコーティングされているのを見つつ、光莉が人参を箸でつまんだときだ。

「……ヒナタは七瀬さんみたいに脳筋じゃありません」

そんなキリヤの声に光莉は「え？」と箸を止めた。

「確かに、誰彼構わずグイグイと引っ張っていくところはありましたが、ここまで振り切ってはいませんし、大雑把なところもヒナタの方が控えめです。七瀬さんの方が声も大きいですし、ヒナタの方が年相応の落ち着きがありました」

もしかして、何か怒らせるようなことを言ってしまっただろうか。

キリヤが淡々とそういうのを聞きながら、光莉はそんなふうに思う。箸でつまんでいた人参が、コロン、と取り皿の上に落ちた。

「でもまあ、そうですね。……ヒナタが生きていたら、七瀬さんみたいに育ってたのかなって思うときもありますね」

キリヤの声は丸みを帯びていた。表情もいつもよりどこか優しい。

それが先程の会話の答えだということに遅れて気がついて、光莉はふきだすようにして笑った。そして、落とした人参をふたたび箸で取り、口にほうりこむ。時短のために電子レンジを使ったのだが、人参にはしっかり味がしみていて、思わず「おいしい」と声を漏らしてしまう。

「白菜もおいしいですよ」

「本当？　鶏肉、ちゃんと火が通ってるかな？」

「問題ないですね」

箸で鶏肉を割りキリヤが確認してくれる。

誰かと食卓を囲むという久方ぶりの体験に、光莉の頬は自然と緩んだ。慣れてしまった一人きりの食卓も、誰にも気兼ねをしなくていいから悪くはないのだが、やっぱり誰かと囲む食卓は一人とは別の喜びがある。

光莉が「ねぇ、キリヤくん」と声をかけると、彼は「なんですか？」と顔を上げた。

「毎日とはいかないけどさ、またこうやって一緒に御飯食べようね」

光莉がそう言うと、キリヤは目を見張った。そしてしばらく逡巡した後に「気を使わなくてもいいですよ」と彼は鍋に視線を落とす。

「気？」

「同情してるとかでしたら、気を使わなくてもいいって話です」

光莉は「同情？」と首をひねり数秒固まった。そして、ようやくキリヤが言いたいことに思い至り、「ああ、違う違う！」と顔の前で手を振る。キリヤのことを『寂しそう』だなんて一度も思ったことがない。むしろ寂しいのはこちら側だった。

「私が一人で御飯食べたくないって話で！　――ああ、でも！　キリヤくんが嫌ならぜんぜん大丈夫だよ！　断ってくれて平気だからね」

その反応が予想と少し違ったのか、キリヤはやっぱりわずかに驚いた顔をした後、少しバツが悪そうに視線をそらした。「そうですか」と言う声も心なしか小さい。

「……料理」

キリヤから聞こえてきた声に光莉は「ん？」と首をひねる。

「それなら、料理覚えますね。今のままじゃレパートリーも少ないし、作らせるばかりじゃ申し訳ないので……」

「わ！　本当？　私、オムライス食べたい！」

「なんでいきなり、そんな高難度のものを要求してくるんですか……」

いきなり前のめりになった光莉に、キリヤはげんなりとした表情を浮かべる。

「でも、キリヤくんならふわとろオムライス作れそうじゃない!?　こう、ナイフで切ってトローッてなるやつ！　私、いつも失敗するんだよねー」

「しかも、そっちのタイプのオムライスなんですね」

キリヤがそう怪訝な顔をしたとき、机の上に置いていた光莉のスマホが電子音を響かせる。見れば、二通ほどメッセージが来ていた。一通目の送り主は『陸野隆幸』。こちらは先日もらった柿のお礼に対する返信だ。『美味しかったです！　ありがとうございました！』という光莉のメッセージに『どういたしまして』と簡潔に返事がしてある。

キリヤが光莉のスマホを覗き込む。

「陸野さんの名前って隆幸っていうんですね」

「あ、うん。そうだよ！　知らなかった？」

「初耳ですね」

何故か思案げな顔になったキリヤを置いて、光莉は二通目のメッセージを確認する。

送り主は、『小日向杏子』だ。

「もしかして、栞の画像かな？」

光莉はそう言ってメッセージを開いた。すると、『すみません。遅くなりました』というメッセージと共に、栞の画像が送られてくる。画像は二枚あり、それぞれの記号が透けていることから、裏と表だということがわかった。

表には、以前キリヤが解いた暗号と同じような記号が並んでいる。

そして、裏には――

「これって……虫？　それとも、髑髏《どくろ》？」

裏には例の記号は書かれていなかった。その代わりに栞の中心に虫の絵がでかでかと描かれている。しかし、その虫の背中にはなぜか髑髏のような模様が描かれていた。なんというか、見ていて不安になる絵である。

「栞、届きました？」

「ああ、うん」

光莉はキリヤにスマホを渡した。彼は一度箸を置くと、スマホを受け取り、画像を覗き込んだ。

「『さとるのつみをここに。はかまではもっていけなかった』」

キリヤが口にしたのは一枚目の画像を解読したものだろう。五十音表はもう手元にないのに、さらりと解読してしまうあたり、さすがである。しかし――

「『さとるのつみ』って、『悟の罪』ってこと？　なにか悟さんが罪を犯したってことなのかな？　それを、墓まで持っていけなかった？」

なんだか嫌な予感がじわじわと足元から這《は》い上ってくる。キリヤも厳しい顔で二枚目の画像を見た。そして彼は、ハッとしたような表情になる。彼はスマホの画面に視線を留めたまま、七瀬に声だけを向けた。

「七瀬さん。伯父さんの息子さんである悟さんは、自宅の庭で首を吊《つ》っていたって話でしたよね？」

「え？　うん。確かそう言ってたと思うけど」

「なら、もしかすると『人形』じゃなくて、『虫』だったかもしれません」

「ん？　どういうこと？　キリヤくんって、その辺の説明ちょっと端折《はしょ》りがちだよね!?」

「つまり、靖記さんの自宅に『さとるのつみ』とやらが埋まってるって話です」

やっぱり端折りがちな説明だったが、キリヤの確信したような口調に、光莉は先程から感じている嫌な予感がはっきりと形を持ったような気がした。

7

くすんだ白いモルタルの壁に、破れかけの網戸が付いている大きな掃き出し窓。薄い屋根に、サビの浮いた出窓の手すり。引き違い戸の玄関扉の隣には木でできた表札があり、そこには『望月』と彫られている。

その週末、光莉とキリヤは望月靖記の自宅前にいた。二人の前にはここまで案内してきた小日向が立っており、どこかオドオドとした様子で二人を振り返った。

「ここに、その、本当に？」

「はい。僕の考えが間違っていなければ、『さとるのつみ』とやらはここに埋まっているはずです」

キリヤの自信ありげな言葉に、彼女は「そうですか」と頷き、鉄でできた門扉を開けた。そして「悟さんが亡くなっていたのはこっちです」と二人を先導して歩き始める。

望月靖記の自宅は、古い二階建ての木造住宅だった。どうやら元々中古住宅を買っていたらしく、住んでいた年数は三十年ほどなのに、目の前の家は倍以上の築年数に見える。というか、実際そうなのだろう。小日向の話だと、現在この家は売りに出されているのだが、庭で人が自殺した家ということで、まだ買い手は見つかっていないらしい。

小日向は家の脇を通り、庭に入る。庭は家のくたびれ方からはちょっと想像ができないぐらい広々としていた。今は草が伸び放題だが、家庭菜園やガーデニングなどを楽しんでいた跡も見える。そして敷地の端には背の高い、大きな栗《くり》の木があった。

「悟さんは、この木で首を吊っていたんです」

小日向は栗の木の下まで二人を案内し、それを見上げた。途中でバッサリと枝葉の切られたそれは、遠くからだと枯れているように見えるが、近くで見ると思いの外しっかりと生命力を感じる。これならば人一人分の重さぐらい簡単に支えられるだろう。

小日向が悟の亡くなった場所に光莉たちを案内したのは、あらかじめキリヤがそう頼んだからだった。

「ねぇ、キリヤくん。そろそろ『人形』とか『虫』とかの意味を教えてほしいんだけど。あと、どうして悟さんの亡くなった場所に案内してもらったのかも……」

質問を投げたのは光莉だった。キリヤはここに来るまで、二人になに一つ説明をしていなかった。

キリヤは「そうですね」と二人の顔を交互に見てから、ここに来る途中で小日向から受け取った例の栞をポケットから取り出した。裏に髑髏のような虫が描かれている栞である。

「栞の暗号を解いたとき、僕はコナン・ドイルの『踊る人形』を例に出し、頻度分析を用いて暗号を解きました。しかし、頻度分析で暗号を解く物語で『踊る人形』と並ぶぐらい有名な物語がもう一つあるんですよ。それがエドガー・アラン・ポーの短編小説『黄金虫』。僕が例に出した『踊る人形』や江戸川乱歩の『二銭銅貨』にも影響を与えたと言われている作品で、『暗号を解読する方法』という意味の『暗号法』という言葉を初めて用いた作品だとされています。きっと、小日向さんの伯父さん——靖記さんは、栞の暗号を解く人間に『踊る人形』ではなく『黄金虫』を思い出してもらいたかったんです」

「えっと、まだ話が見えてこないんだけど……」

光莉の困惑した声にキリヤは一つ頷き、更に説明を続けた。

「それでは、一つずつ説明しますね。まず、この栞に描かれている髑髏のような虫ですが、先ほど紹介した『黄金虫』の中に出てくるものです。この話は紙に描かれたその黄金虫がきっかけで、海賊キャプテン・キッドが隠したとされる財宝を見つける、という物語なんですよ。……そして、その財宝は地中奥深くに埋まっていた」

「埋まっていた？」と目を瞬かせたのは小日向だ。

「つまり、財宝に見立てて『さとるのつみ』とやらが埋まってるってこと？」

光莉はそう小日向の気持ちを代弁する。すると、キリヤは首を縦に振った。

「はい、少なくとも僕はそう考えています。実は『黄金虫』の大切な要素として、髑髏が打ち付けられている木、というものが出てきます。そして、悟さんが首を吊っていたのも木。黄金虫の描かれた栞のことも考えると、まず間違いないと思います」

確かにそこまで状況が重なるならば、キリヤの言う通りかもしれない。

それまでどこか半信半疑だった小日向の顔にも、真剣さが増した。

「ちなみに、詳細は省きますが、小説でキャプテン・キッドが隠したとされる財宝は木から五十フィート——十五・二メートルほど行ったところに埋められていたそうです」

「十五・二メートルか。巻き尺が必要だね」

「僕もそう思って一応用意をしてきたんですが、どうやらその必要はなさそうですよ」

キリヤは栗の木から離れ、いまはもう草が生い茂っている花壇の跡地へ足を向けた。そこにはレンガの低い壁が曲線状に積み上がっている。キリヤはそこでしゃがみこんだ。光莉もキリヤの歩いていった方に向かい、彼がしゃがみこんだ場所を上から覗き見る。

彼が見ている先には小さな子どもの人形があった。陶器でできた、ガーデニング用の飾りである。傘を差しているその人形は、こちらを見上げながら唇の端を引き上げていた。

「キャプテン・キッドのkidには様々な意味があります。『黄金虫』では『仔山羊《こやぎ》』と訳されていましたが、靖記さんは『子ども』と訳したようですね」

「ということは、この下に？」

光莉は栗の木を振り返る。確かに栗の木からここまで十五メートルほどだ。

「掘り返してもいいんでしょうか？」

「それは、おまかせします」

震える小日向の声にキリヤはそう返す。この場にいる誰一人として、この人形の下に何が埋められているのか知らないのだ。『さとるのつみ』というものがどういうものなのかわからないのだ。臭いものにした蓋を開けるも覗くのも、持ち主に任せるべきだろう。キリヤはそう判断したのかもしれない。

しばらくの後、小日向は決心したように「掘り返します」と静かに言った。

「本当に見つけてほしくないものなら、伯父さんはこんな栞なんて残さなかったはずですから。隠したいと思いながらも、誰かに見つけてほしかった。きっとそういうことだと思います」

その決断を聞き、三人は丁寧に人形をその場からどかすとその真下を掘った。近くにあった園芸用の小さなスコップで、ざく、ざく、ざく、と掘り進める。

「ここに埋まっているの、本当に罪なんでしょうか?」

不安げな顔でそう切り出したのは小日向だった。彼女はどこか願うような顔でじっと穴の中を見つめている。

「だって、小説の中では埋めてあったのは財宝だったんでしょう?」

「これは靖記さんの考えではなく僕の持論ですが、海賊の財宝というのは、要するに他の人間から奪った戦利品じゃないですか。元は誰かのものだったものを、暴力で自分のものにしたものです。財宝と言えば聞こえはいいですが、それはきちんとした罪です。少なくとも僕はそう思います」

「そう、ですよね……」

最後の希望が絶たれたかのような声を出しながらも、小日向は手を止めなかった。罪なんてなにも埋まってなければいいと思う反面、大好きだった伯父のために掘り返してあげたいという気持ちもあるのだろう。

「そうなってくると、ここに埋まっているのは悟さんが誰かから奪ったものってことになるのかな?」

「どうですかね。さすがにそれは見つけてみないとわかりません」

光莉とキリヤがそんな会話を交わしたときだった。ガチ、とスコップの先に何かが当たる感触があった。どうやらそれほど深くには埋められていなかったらしい。光莉は手で丁寧に土を払い、スコップの先に当たったものを取り出した。

それはジャムの瓶だった。透明だったガラス部分は曇り、いちごのイラストが描かれている蓋はところどころ錆《さ》びてしまっている。中には新聞が詰め込まれているように見えた。光莉は、念のためいつも持ち歩いている手袋をはめると、瓶の蓋を回す。しかし、錆びついているからか、間に砂でも詰まっているからか、思ったように蓋は開かなかった。

「代わりますよ」

そう言ってキリヤが手を差し出してきたので、光莉はジャムの瓶と手袋を渡した。彼はそれを受け取ると、手袋をはめ、先程の光莉と同じように蓋を捻るように回した。ぎゅっと彼が手に力を込める。すると蓋は、ががが、と小さな音を立てながら数ミリ動いて、次に、ぽん、と軽快な音を立てて開いた。

三人は瓶の中を覗き込む。そして、恐る恐るといった感じで中の新聞紙を引っ張り出した。新聞紙には何かが包んであるようだった。三人は顔を見合わせたあと、たたまれている端をつまんで、ゆっくりと新聞紙を捲った。

すると、そこには――

「石？」

声を発したのは、小日向だ。三人の目の前には白くて細長い塊が三つほど転がっている。

なにも知らない人には、それはたしかに石に見えてしまうかもしれない。でも光莉は知っている。これがなにか一瞬にして見当がついた。思わず口元を覆う。

それは、骨だった。

小さな人骨だった。

人の指の骨だった。

一番長くてしっかりとした骨はまるで刃物で切り取られたような断面をしている。

「四年前だ……」

キリヤがそう呟いた。彼の視線は骨を包んでいた新聞紙に向いている。

血のような黒いシミが広がった新聞紙。その日付は、四年前の九月。

「ヒナタ？」

キリヤは白い三つの骨を見つめながら、確かめるように、語りかけるように、その名前を口にした。

六院千高の独白

いつだって人生は自分の手ではなく誰かの手で壊される。
そう、僕らは人生を壊された者同士だった。
だから、僕らは友達になれると思った。
罪を償わせたいと願った君の目が燃えていたことを僕は覚えているよ。

第三話　交換殺人と交わされた手紙

1

『きょう、さとるをいじめていたこがなくなった。
ほんとうにじこしだったのだろうか』

『さとるはなにかにおびえているようだ。
へやのなかからさけびごえがきこえる』

『きょうは、ひさしぶりにきょうこちゃんがきてくれたのに、すぐかえしてしまった。
さとるは「やくそく」だの「じぶんのばん」だのと、ぶつくさとつぶやいている』

『さいきんやたらとさとるのじょうちょがふあんていだ』

『またかべにあながあいた』

『ひさしぶりにさとるがいえをでた。なにをしにいくんだろうか。ばいとでもはじめてくれればいいのに』

『けいさつにいくべきか』

『わからない。なにもわからない』

『わたしは、さとるがおそろしい』

目の前の扉が開いて、キリヤは栞に落としていた視線を上げた。扉の前には、書類を両手でぎゅっと握りしめながら、唇を真一文字に結ぶ光莉がいる。その表情が泣くのを我慢している子供のように見えて、キリヤはわずかに苦笑を浮かべた。自分にだってそこまでの余裕があるわけではないのに、それでも彼女の優しさに心が温かくなったから。

光莉は重たい口をゆっくりと開く。

「キリヤくん」

「はい」

「ヒナタちゃんだったよ」

光莉はキリヤよりも悲痛な声を出す。

「あの小指は、ヒナタちゃんのものだった」

「そう、ですか」

そう言った声は自分でも驚くぐらい掠《かす》れていた。

2

「捜査状況はどうなってますか？」

光莉が席につくやいなや、キリヤは単刀直入にそう切り出してきた。二人が顔を突き合わせているのは刑事部捜査一課の会議室。過去の殺人事件が関係しているとあって、捜査全体が一課に引き継がれたのだ。がらんとしただだっ広い部屋には、光莉とキリヤの二人だけがいる。一課の詰め所から少し離れているため、四年前に起こった殺人事件の容疑者が浮上したという、蜂の巣をつついたような一課のてんやわんやな状況もここには届いていなかった。

キリヤの切り替えの早さに少々面食らいながら、光莉は口を開いた。

「物証が出てきた以上、望月悟を被疑者とみて捜査を進めてるよ。ただ……」

「動機がない、ですよね」

心の中を読んだようなキリヤの言葉に、光莉は頷いた。ヒナタと悟の間に接点は何も見られない。キリヤの自宅は文京区、対して望月の自宅は足立区。行き来ができない距離ではないが、生活圏は全く別であるし、二人の年齢も離れている。捜査一課は二人の接点をなんとかして見つけようと躍起になっているが、今のところ良い報告は上がっていなかった。

「それでなんだけど、キリヤくんにも確かめておきたくて。ヒナタちゃんが亡くなる前後で、この人を見たことはない？」

光莉はキリヤに一枚の写真を滑らせた。キリヤは写真を手に取り、顔をしかめる。写真には静かに目をつむる男性の姿がある。顔面は蒼白で、首にはロープの痕がくっきりと付いていた。警察が現場検証時に撮ったものである。

「彼が……？」

「うん、望月悟さん。ごめんね。大人になってからの写真がそれしか見つからなくて……」

「問題ありませんよ」

キリヤは最初こそ驚いたものの、すぐにいつもの調子で写真を確かめ始める。しばらく見つめた後、彼はため息をつくようにこう言った。

「すみません。見覚えはないです」

「そっか。それなら、他に接点になりそうな情報はない？　例えば、その、ヒナタちゃんがマッチングアプリみたいなものを使っていた、みたいな……」

内容が内容だけに、言葉が上手く出てこない。もし光莉がキリヤと同じ立場なら、こんなことは絶対に聞かれたくない。でも、聞かないわけにはいかなかった。

いまヒナタと悟の接点として一番有力視されているのが援助交際だ。離れたところに住む十代の女性と三十代の男性をつなぐ糸がそれぐらいしか見つからなかったのだ。他には、ストーカーだったのではないかという意見もあったが、それらは生活圏が違うということで可能性としては薄いとされた。

キリヤはいつもより少しだけ硬い声を出す。

「ヒナタはそういう目的で男性と連絡を取る子ではなかったと思います。まあ、僕は家族なので目が曇っているかもしれませんが。もし必要でしたら、ヒナタの使っていたスマホもパソコンもまだとってありますので提供します。すでに一度調べられた後なので、なにも出てこないとは思いますが」

「なんか、ごめん」

「いいですよ。仕事でしょう？」

腹の中の不快さを隠して、キリヤは薄く苦笑を浮かべる。そんな彼の大人な対応に光莉は頭が下がると同時に、申し訳なくなった。

「それよりも、僕が言った可能性は検討してもらえていますか？」

「うん。二階堂《にかいどう》さんがそっちにも人員を回してくれるって。私もそっちの捜査に加わることになったよ。ただ、証拠がこれだけじゃ、あまり人員は割けないって」

「そう、ですか」

「だから、私達で見つけよう。交換殺人の証拠を」

二人は机に広がる栞を改めて見下ろした。それらはヒナタが殺されたとされる日の前後に、悟の父親である靖記が書いたものだった。キリヤはそれらから、悟は誰かと交換殺人を企てたのではないのかと考えていたのだ。つまり、ヒナタの事件には実行犯の悟以外に、ヒナタを殺すように頼んだ第三者がいる、そう彼は言っているのだ。

光莉は最初その話を聞いたとき、まさか、と疑った。あまりにも話が飛躍しすぎていないか、と。しかし、そう考えればたしかに悟とヒナタに接点がないのも頷けるし、机の右端に置いてある『きょう、さとるをいじめていたこがなくなった。ほんとうにじこしだったのだろうか』という栞の意味も深さを増してくる。

「この『さとるをいじめていたこ』は突き止められましたか？」

「うん。中学生の頃の同級生、泰木研一《やすぎけんいち》さんのことだと思う。四年前の七月に階段から転落して亡くなっていて、当時は事故で片付けられている」

「そちらの再捜査は？」

「一課の別の人達が担当してくれてるよ」

その言葉にキリヤは「なら、そちらはお任せするとして……」と口元で手を組んだ。

「僕たちが考えるべきことは二つあります。一つは、どうして犯人はヒナタの小指を持ち去ったのか、または持ち去るように指示をしたのか、です。もし、爪の間に犯人の皮膚片などが入り込んでしまいイレギュラーに切り落としたのならば、あまり深く考えなくてもいいですが、もし小指自体に——もしくは小指を切り落とすという行為自体に意味があるとするのならば、それは犯人を探すための手がかりになります」

「つまり、ヒナタちゃんの知り合いで、小指、もしくは、小指を切り落とすという行為に関係しそうな人物を探るって話？」

「はい、そういうことです。地道な作業である上に、必要かどうかもわかりませんが」

「なら、そっちは私が調べるね！　地道な作業なら人手も必要だろうし。他の捜査員にも声をかけてみるよ」

「大丈夫ですか？　小指というのは――」

「小指は『女』『妻』『情婦』『お酒』の隠語として使われる、でしょう？」

光莉の言葉にキリヤは驚いた様子で口をつぐんだ。

「あと、指切りは約束って意味で。昔は遊女が男性に対し自らの小指とか髪を切って渡したりしたって話とか。暴力団だと指詰めは謝罪や反省を表すものだし。日本語では『あかちゃんゆび』。医学用語では『第五指』や『小指』。『季指』って呼ぶのは、漢語だったかな。あと、右手のピンキーリングの意味は――」

「よく調べましたね」

「大したことないよ。ヒナタちゃんの話を聞いてからここまで、結構な時間があったし」

キリヤのように前準備なしでポンポンと情報が出てくるわけではないが、それなりのツールと時間さえあれば光莉だってこのぐらいは調べることができるのだ。それがどのくらい役に立つのかはわからないが。しかし、どうやらキリヤの信用は得られたようで、彼は唇を引き締めると「それでは、そちらはお願いします」と軽く頭を下げた。

「うん。任せておいて。……で、もう一つの考えるべきことってのは？」

「それは二人の犯人がどうやって連絡を取り合っていたか、です。メールやスマホのアプリでやり取りをしていたのなら話は早いですが、そう簡単な話じゃないのでしょう？」

「うん。少なくとも悟さんの部屋から押収したパソコンと当時使っていたスマホからは、そういう情報はなにも出てこなかったよ。まだ鑑識が調べているから、今後はわからないけど。少なくともわかりやすい形では残ってないと思う」

ヒナタの小指が見つかってから丸一日。あれからすぐに一課が動き、家の中のものを回収した。もし、パソコンの中にメールなどがあったのならば、もうとっくの昔に光莉の方にも話が届いているはずである。

「それならきっとアナログでやり取りをしてたんだと思います」

「アナログ？　つまり、紙の手紙でってこと？」

「はい。その方が証拠が残りにくいですからね。メールなどは、結局消しても復元できてしまいますが、手紙は燃やしてしまえばいいですからね」

「それじゃ、手紙は全部燃やされてしまってるってこと？」

光莉は絶望的な気持ちのままそう聞いた。しかし、キリヤは首を振る。

「そうとは限りません。犯人たちが交換殺人をする相方をどうやって見つけたのかはわかりませんが、きっとそこまで近しい間柄じゃないと思います。近しい間柄で交換殺人をするメリットはありませんからね。極論、あれは他人だから意味があるんです。つまり、二人は互いを信用していなかった。だから、いざという時の証拠は持っていたと思うんです。相手が裏切らないように、もしものときは共に地獄に落ちるために」

「つまり、どこかに手紙は残ってる？」

「はい。どこにどんな形で残っているかはわかりませんが、僕は残っていると思います。なので、もしよかったら靖記さんの家にあったありとあらゆる書類を僕の下へ持ってきてもらいたいんです。どんな小さなものでも構いませんし、手紙の形じゃなくても構いません。もちろん警察の捜査のほうを優先してもらって構わないので。……お願いします」

「わかった」

「……打ち合わせとしては、こんなものですかね」

キリヤはあっという間に情報整理を終え、一息ついた。目の前のお茶に口をつけ、彼はまた栞に視線を落とす。今や重要な証拠となったその栞はジップパックに入っていた。光莉も栞に視線を落とした後、キリヤを見た。

「それにしてもさ。キリヤくん、冷静だね」

いつになく呆けた声を出しながら「え？」とキリヤが顔を上げる。

「九月のことがあったから、正直もっと取り乱すものだと思ってた。……あ、違うよ！　冷たいとかそういうことを言いたいんじゃなくて！　ちゃんと俯瞰《ふかん》で物事を見ててすごいなって意味」

「そう、ですね」

キリヤは視線を落とした。

「自分でも割と驚いてるんですよ。思ったよりも冷静だな、って」

「そうなの？」

「動揺はしているんですけど、なんて言ったらいいんですかね。九月に、ヒナタのダイイングメッセージが解けて、アイツが、犯人を恨むような言葉を遺してなくて、なんか吹っ切れたような気持ちになったんですかね」

キリヤは困ったように苦笑を浮かべる。

「正直、自分でもよくわからないんですよ。おかしいですよね。犯人が見つかったら、この手で同じ目に遭わせてやろうぐらいには思っていたのに」

「キリヤくんが辛いなら、やめてもいいんだからね？　そもそもこれは警察の──」

「やめませんよ」

その声はやけにはっきりと光莉の耳に届いた。

「犯人を捕まえたい気持ちは変わりませんからね。やめろと言われてもやめません」

強い意志を感じるその言葉に、光莉はわずかに目を見開いた後、しっかりと頷いた。

「それじゃ、私は早速動いてくる。パソコンとスマホの解析具合も聞いておくね！　書類の方は一宮さんにお願いしておくけど、一宮さんが忙しかったら他の人が持ってくるかも。……喧嘩、しないでね？」

「しませんよ」

「どうだかなぁ」

笑みを浮かべつつ光莉は扉に手をかける。すると「七瀬さん」と背中に声がかかった。

振り返るとキリヤがどこか真剣な目でこちらを見ている。

「気をつけて」

「うん！　行ってきます！」

陰鬱とした空気を振り払うように光莉がそう言って唇の端を上げると、視界の端の彼もわずかに唇の端を上げた。

3

光莉が最初に当たったのは、ヒナタの同級生だった。同級生といってももう四年も前の話で、当時中学三年生だった彼らも大学一年生になっている。地元を離れた人も多く、そういった人には電話で連絡を取った。警察からの突然の連絡にもかかわらず、ヒナタの人望がそうさせたのか、彼らは一様に協力的だった。

光莉は彼らに『ヒナタがなにかのトラブルに巻き込まれてなかったか』や『事件前後で気になった点はなかったか』、『怪しい人物を見かけなかったか』などといった、要するに聞き込みのテンプレートを聞いて回った。特に確認したのは『望月悟という人物に心当たりがないか』という点と『ヒナタの恋人の有無』だった。特に後者は入念に聞いた。小指という言葉は、どうしても男女の意味合いが強い。『女』『妻』『情婦』。赤い糸だって小指に巻かれている。しかし——

『ヒナタちゃんに恋人かぁ。いなかったと思うけどなぁ』

『ヒナタちゃん可愛かったからね。いいなぁって思う男の子たくさんいたと思うけど、でも、特定の誰かと付き合ってるとかはないと思いますよ』

『女の子にも人気だったから、あれだけモテてたのに誰かに恨まれていたってこともなかったです。みんな「ヒナタちゃんならしょうがないか」って感じで』

『ヒナタちゃんって気取ってなくて僕も好きでした。まあ、あっけなくふられてしまいましたけどね』

やはり、というわけではないが、ヒナタに恋人らしき影は見つからなかった。それどころか目立ったトラブルや恨みなんかも全く出てこない。ヒナタに興味がなかったという者は何人かいたが、彼女のことを悪く言う者はほとんどいなかった。

元気で、明るくて、周りのことを考えられる優しい子。

それが、九條ヒナタに対する共通認識のようだった。

光莉は、ヒナタの同級生だった人の家を出てとぼとぼと歩く。この三日間、いろんな人に連絡を取ったり会ったりしたが、まったく成果はなかった。当然、望月悟のことを知っている者も見つかっていない。他の捜査員にも手伝ってもらっていたので、ほとんどの同級生にはもう連絡し終えている。これから他学年にも連絡を取っていくつもりだが、正直これ以上情報が出てくる気はしなかった。

「よく考えたら、当時も同じこと聞いて回ったんだろうし、今更新しい情報が出てくるわけがないんだよなー」

当時の警察だって、ヒナタの交友関係や恋人の有無などはしっかりチェックしただろう。ヒナタの捜査資料に恋人などの記載がなかったのは、捜査した上でなにもあがらなかったからだ。決して捜査員の怠慢などではない。

「もしかして、私が見落としてるだけで、小指って他にも意味があるのかな……」

光莉がそう呟きながら顔の前に右手を上げたときだった。彼女は指の隙間からとある人物を見つけた。正面から歩いてきた彼も光莉に気がついたようで、目を丸くしてこちらを見ている。

「君は、七瀬さん？」

「あ。弦牧さん、でしたよね」

目が合った二人は同時に頭を下げる。そこにいたのは、かつてヒナタにピアノを教えていた弦牧響輔だった。隣には長い黒髪の楚々《そそ》とした女性がいる。女性は光莉と弦牧を見比べて、少し困ったような顔で会釈をした。

「えっと。恋人――奥さんですか？」

光莉がそう言い直したのは、弦牧の左手の薬指に指輪が光っているのが見えたからだ。晶絵のところで会ったときには指輪をしていなかったので、もしかすると作業中は外すのかもしれない。

光莉の問いに、弦牧は一瞬だけキョトンとしたあと、首を振った。

「違います、違います。これは妹です」

その紹介に隣の女性は、微笑んだ後「妹の瑠璃《るり》です」と頭を下げた。

話を聞けば、弦牧家は代々演奏家一家らしい。日本を拠点にしているのは響輔だけで、バイオリニストの瑠璃も含めて普段は海外に住んでいるそうだ。妹が帰ってきているのは、たまたま日本で演奏会の話があったかららしい。

「弦牧さんは日本に残っているんですね」

「あはは、僕は落ちこぼれなんです」

「違うでしょ！　お兄ちゃんは──」

「いいんだよ、瑠璃」

かばおうとした瑠璃を弦牧は窘《たしな》める。そして、手のひらを光莉に向けた。

「瑠璃、彼女は刑事さんだよ。九條くんの知り合いなんだ」

「あ。そう、なんですね」

瑠璃は一瞬だけ目を見開くと、光莉を見て曖昧な笑みを浮かべる。その反応でわかった。彼女も九條家の事情を知っているらしい。

弦牧は光莉に視線を戻すと首を傾げた。

「七瀬さんは、もしかしてお仕事中ですか？」

「はい。ちょっと」

「そうなんですね。なにか事件でもありましたか？」

「あ、いえ。実は、九條ヒナタさんのことでもう一度皆さんにお話を伺っておりまして」

一瞬、事情を明かすかどうか迷ったが、どうせ彼にも後から事情を聞きに行かなければならないのだということを思い出し、光莉はヒナタの再捜査が始まったことを正直に明かした。その事実に弦牧も瑠璃も驚いたように目を丸くする。

「もしかして、犯人が見つかったんですか？」

意外にも食いついてきたのは瑠璃だった。光莉はゆるく首を振る。

「その辺は、すみませんが教えられません。ただ、再捜査する必要性が出てきたとだけ……」

「そう、なんですね」

瑠璃はそう言ってあからさまに声のトーンを落とした。勢いも一気にそがれる。声も先程の一瞬は張っていたが、いまでは元の小さな声に戻ってしまっていた。

「もしかして、瑠璃さんもヒナタさんとお知り合いでしたか？」

そう聞いてしまったのは、瑠璃の態度が名前を知っているだけの知り合いにしては少々オーバーだと思ったからだ。もしかして弦牧を通じて二人は知り合いだったのではないか、そう思ったのだ。

「あ、え？　それは、一応。と言っても、ヒナタちゃんが家に来たときに挨拶を交わすぐらいで、直接話したのは数回でしたが」

本当にそれだけの関係ならば、先程の反応はやっぱり少し過剰である。そう疑問に思っていると、瑠璃は更に口を開いた。

「ただ、兄からよく聞いてたんです。将来有望な子がいるって。もしかしたら彼女はここから世界に羽ばたくかもしれない、自分がなし得なかったことができるかもしれないって。だから私、すっかり親戚の子のような気分になっちゃって……」

　だから、つい反応してしまったのだと彼女は頬を掻いた。

「弦牧さんは随分とヒナタさんのことを評価してたんですね」

「ええ。ヒナタちゃんは本当にすごかったんですよ。もともと才能があったんでしょうね。たった数年でこんなに成長するんだってぐらい成長して、全国のコンクールにあんなに早く出られるとは思いませんでした。惜しむべくは、もっと早くにピアノを始めなかったことと、道半ばで亡くなってしまったことですね」

　弦牧は悲しげに俯いた。

「僕は、才能のある人間がそれを伸ばさないのは罪だと思ってるんですよ」

「罪？」

「才能のある人間というのは、百万人の凡人の上に立つ存在です。百万人が手を伸ばしても届かなかった星に手が届く人間。そんな人間が星に手を伸ばさなかったら、その下の百万人はどう思うでしょうか？　きっと、気がどうにかなってしまう。自分たちにとって価値があるものをないがしろにされたわけですから、それはそうでしょう。それは怠惰という名の罪ですよ。傲慢とさえ言える。もし、本人がそれをやりたくないというのならば、自身に才能を感じた時点でやめるべきなんです。誰かに気取られる前に身を引かなくてはならない。才能のある人間は一度表舞台に立ったら、もう戻ってはだめなんですよ。そうでなくては、その人の下にいる勤勉な百万人は救われないんです」

弦牧から放たれる暴論に光莉はしばし言葉を失っていた。大人しかった彼の熱の入りっぷりに圧倒されてしまったというのもあるのかもしれない。そんな彼女の態度をどう取ったのか、弦牧は「すみません。話が脱線しましたね」と苦笑を浮かべた。

「つまり、僕が何を言いたいかというとですね、犯人を本当に許せないということですよ。ヒナタちゃんの命を奪った人間が、才能のある人間の命を奪った人間が、僕は本当に許せない」

最後の言葉は確かに犯人に向いていたが、それ以前の光莉が暴論だと感じた言葉は、どこかヒナタに向いているような気がした。

弦牧は眼鏡を外し、眉間を揉んだ。その雰囲気は陰鬱さをまとっている。

「本当に惜しい子を亡くしたと思っています」

話を締めくくるように弦牧はそう言った。

弦牧たちと別れ、光莉は再び道路の端を歩いていた。ゆっくりと坂道を下りながら彼女は再び自分の右手を見る。

「そういえば、ピアノって指で弾くんだよね」

どうしてそう口にしてしまったのかわからない。なにか確信めいたものがあったわけではない。事実として、そう思ったのだ。光莉は肩に掛けていたトートバッグを抱え直す。そして、頭の中にある『これから調べるべきリスト』に弦牧響輔をそっと付け足した。

4

『弦牧先生が、指を怪我していた？』

「うん。音大時代にね。右手の小指の腱《けん》を切ってたみたい」

光莉とキリヤが電話でそんな話をしたのは、夜のことだった。時計は二十二時四十五分を指している。電話をかけてきたのはキリヤの方からで、用件を聞かないまま一日の報告に話が飛び、そのままの流れで弦牧の話になったのだ。光莉はパソコンで報告書を書きながら、イヤホンから聞こえてくるキリヤの声に耳を傾ける。

『怪我した原因は何だったんですか？』

「単純に練習のしすぎだったみたい。当時の担当医に話を聞いてみたけど、よくある症例の一つだったみたいだよ。でもそれで、弦牧さん、ピアニストになる夢を諦めちゃったみたいで……」

『そう、なんですね』

その声は、沈んでいるというよりは思案しているといった感じの深さを持っていた。

キリヤはしばらく黙った後、先ほどよりも少しだけ硬い声を出した。

『実はヒナタ、ピアノ教室をやめる予定だったんですよ』

「そうなの？」

『はい。僕と同じ高校を受験するとかなんとか言って。でも、弦牧先生に止められたとも言っていました。「君は自分の才能をわかっていない。やめるのはもったいなさすぎる」って。まあ、本人は高校に入学した後に、もう一度ピアノを始める予定だったみたいなんですけどね』

「ヒナタちゃんはそれを弦牧さんに言ってなかったの？」

『言ってなかったみたいですよ』

「どうして？」

『確約できなかったからでしょう』

「確約？」と光莉は首をひねった。

『ヒナタは僕と違って熱しやすく冷めやすいというか、飽きるのが早いというか、とにかく多趣味だったんですよ。とりあえずいろんなものに手を出してみたいって感じで。本人も、そんな自分の性格をわかっているみたいでした。高校でピアノよりももっと面白いものを見つけたら、ピアノをやめるかもしれない。だから、あいつは弦牧先生になにも言わなかったんだと思います』

瞬間、昼間に聞いた弦牧の言葉が光莉の頭の中をかすめた。

『僕は、才能のある人間がそれを伸ばさないのは罪だと思ってるんですよ』

『才能のある人間は一度表舞台に立ったら、もう戻ってはだめなんですよ。そうでなくては、その人の下にいる勤勉な百万人は救われないんです』

やはりあれは、才能のあったヒナタと、志半ばで夢破れた弦牧を表す言葉ではなかったのだろうか。つまり、弦牧にはヒナタを殺す動機が――

――さすがにそれはないか。

一瞬たどり着きそうになった結論に光莉は頭を振った。いくらなんでも突飛すぎる。八つ当たりというにも程遠くて、現実味が薄かった。それに――

『弦牧先生のことは、当然調べているんですよね？』

光莉の思考を先読みしたかのように、キリヤはそう言う。彼女は頷いた。

「それはもちろん。ヒナタちゃんが殺された日も、悟さんをいじめていた泰木研一さんが亡くなった日も、弦牧先生はピアノのレッスン中だったみたい。裏取りは済んでるよ」

『それなら、弦牧先生に犯行は無理ですね』

「そうだね。……なんかごめんね、結果的になにもわかってないみたいな話になっちゃって」

『そんなことはないですよ。小指の怪我のことを知れたのは大きかったです。弦牧先生自身が犯人でなくても、先生に頼まれた誰かが犯行を起こした可能性はあるわけですし』

淀《よど》みなくそう言ってのけるキリヤに、光莉はキーボードを打っていた手を止めた。そして、半ば反射的に口から言葉を滑らせた。

「もしかして、弦牧先生を疑ったことがあるの？」

キリヤは弦牧に一定の信頼を置いているように見えた。かつて妹が世話になった恩師として、キリヤは弦牧のことを見ていたように思うのだ。しかし、先ほどの弦牧を疑うような発言には一切の躊躇もなかった。

キリヤは一瞬だけ間を置いて『ありますよ』と、わずかに声を低くした。

『というか、あの頃はヒナタの周りにいた人間全員を疑っていました。ヒナタの友人や同級生はもちろんのこと、父親や母親でさえも、僕は何度も疑いましたよ』

「お父さんやお母さんも？」

『ええ。知っているとは思いますが、日本で起きている殺人事件の多くは、家族や親戚といった身近な人間関係の中で起きているんですよ。なので……』

そこで言葉を切ったというより、切れたという感じだった。

光莉は当時のキリヤの想いを想像して、視線を下げる。

「そっか。それは、辛かったね」

『……七瀬さんはそういう感想になるんですね』

「ん？」

『普通は「酷《ひど》い」とか「冷たい」って話になるみたいですよ。親を疑うだなんて、身近な人を疑うだなんて、ってことでしょうね』

「そっか。……疑いたくて疑ってるわけじゃないのにね」

『そうですね』

きっとキリヤは犯人じゃないと確信したいから、疑っていたのだ。その人間が白だと信じたいから、その人のことを調べていたのだ。けれど、彼の本心が理解されることはついぞなく、彼は孤独を深めていったのだろう。

しばらくなんとも言えない沈黙が落ち、キリヤが思い出したかのように声を上げた。

『もしかして、まだ職場ですか？』

「ああ、うん。報告書書いてたところ。さすがにこれを書いたら帰るよ」

『なんか、すみません』

「なんで、キリヤくんが謝るの？　これは私の仕事だよ」

笑んだ声でそう言うと、キリヤの方も『確かに、そうですね』と声が明るくなる。

「そういえば、キリヤくんの用事はなんだったの？」

『ああ、ちょっとお願いしたいことがあって』

「お願い？　パソコンの件はまだもうちょっとかかりそうだよ？」

パソコンの件、というのは、望月悟の部屋にあったノートパソコンのことだ。キリヤはもう何度もパソコンの中身が見たいと、光莉に、一宮に、相談していた。その都度、光莉は二階堂に話を持っていっているのだが、『無理だ。とりあえず解析のほうが先だからな』とあまり良くない返事をもらっていたのである。もしかすると二階堂はノートパソコンをキリヤに見せるつもりはないのかもしれない。あの人は警察組織以外の人間をあまり信用していないのだ。

『大丈夫です。今回はそっちじゃありません』

「あ、そうなの？」

『ええ。実は、こっちも手詰まりになっていまして。ありとあらゆる書類を調べているんですが、どうにも手紙っぽいものが見つからないんですよね。それで、もしよかったら望月悟の家を調べさせてもらえないかと思いまして』

「部屋を？　確か、一課が調べ終わったみたいな話をしてたから、頼めば行けなくはないと思うけど……」

『別に警察の捜査能力を疑っているわけじゃありませんよ。ただ、僕が自分の目で見ておきたいというだけです』

きっとそうでもしないと自分を納得させることができないのだろう。光莉はそう思いつつ「わかった」と返事をした。

「あとから二階堂さんに私の方から頼んでみるね」

『よろしくお願いします』

「でもそれなら、一緒に行こうかなぁ。私も手詰まり感あるし、部屋にもどうせ誰かが同行しないといけないだろうし」

『一宮さんでもいいですよ？』

「……いい加減、一課の人とも仲良くしたら？」

『僕は普通に接してますよ？　あっちが毛嫌いするんです』

「キリヤくん、自覚あるかわかんないけどさ。初対面のとき、相当印象悪いからね」

『大丈夫ですよ。自覚はありますから』

つまり、確信犯だということか。出会ったばかりのキリヤのツンケンとした様子を思い出し、光莉は苦笑を漏らした。

「それじゃ、また連絡するね」

『待っています』

光莉が通話終了ボタンを押すと、キリヤの声だけでなくそれまで背景でしていたノイズもぷつりと断ち消えた。イヤホンを外し、脇に置く。

そうして彼女は、改めて報告書に向き合った。

5

『今日の十時に望月家前で待ち合わせでもいい?』

『わかりました』

『ごめん! どうしても手が離せない用事ができたから、やっぱ十一時で!』

『僕はいいですけど、大丈夫ですか?』

『本当にごめん! ちょっと遅れるかも! あれだったら、どこか入って待ってて!』

光莉はスマホにそう打ち込んで、再び走り出した。歩行者の間をすり抜けるようにして、彼女は駅までの道を進む。メッセージの宛先はもちろんキリヤで、既読という文字がついた後しばらくして『わかりました。近くの喫茶店に入っているので、着いたら連絡ください』と返信があった。続けて『気をつけて』とこちらを気遣うような言葉も飛んでくる。

光莉は昨晩、色々あって家に帰れていなかった。特に何があったというわけではないのだが、細々とした仕事がまるで彼女の帰宅を阻むように雨霰《あめあられ》と降ってきて、結局職場で朝を迎えてしまったのだ。寝不足の頭で、『これ明日やっても問題なかったな。あ、もう今日か』と考えながら、警視庁内にある道場のシャワー室で汗を流し、こんなときのために置いておいた着替えに袖を通した。そして、少しスッキリとした頭で時計を見て、青ざめたのだ。時刻はもう十時半を過ぎていた。ここから足立区にある望月の自宅まではどう少なく見積もっても四十五分以上かかる。これは完全に遅刻だ。どうやら自分で思っていたよりもシャワーに打たれていたらしい。

「キリヤくん、待ってるかな。いや、待ってるだろうけど――！」

これ以上遅れたらキリヤに『時間まで守れなくなったんですか？』と嫌味を言われてしまうに決まっている。嫌味を言うのは彼が元気な証拠で大変喜ばしいが、別に言われたいわけではなかった。

光莉は赤信号で止まる。早く早くと気は急いでいるが、警察官たるものここで信号無視をするわけにはいかなかった。しかし、この時間帯のここの信号は長い。車通りが多いからだ。そのとき、光莉は近くの車に目を留めた。車が気になったのではない。車に乗っている人物が気になったのだ。光莉は車に近づくと運転席側の窓ガラスを人差し指の関節でコツコツと叩いた。

「土方さん、お久しぶりですね！」

そこにいたのは、土方遼だった。晶絵のところにいた使用人である。久しぶりに光莉に会ったからだろうか、土方はどこかぎょっとしたような表情になった。

「……お久しぶりです」

土方は窓ガラスを開けながら、光莉に会釈をした。手にはスマホを持っている。きっとそれを見るために、車を道路の端に停《と》めていたのだろう。スマホをスーツの内ポケットにしまうと、土方は先程の驚きを引っ込め、感情のない瞳を光莉に向けた。

「七瀬さん、でしたよね？　どうかされたんですか？」

「特に用事はないんですけど、信号待ちをしていたら見かけたので。土方さんは？」

「私は晶絵様に頼まれた買い出しを。先ほど追加で買ってきてほしいものを頼まれまして、ルート検索をかけていたところです」

先ほどスマホを出していたのは、メッセージのやり取りをしていたわけではなくナビを設定していたらしい。光莉はその言葉を聞きながら、以前この辺でキリヤと紫と一緒に脱出ゲームをしたことを思い出した。

「晶絵さんのマンション、この辺にあるんですね」

「はい。以前来ていただいたあのマンションそのものが、晶絵様の持ち物です」

「つまり、あの綺麗な建物すべてがってこと？」

「はい。晶絵様が住んでおられるのは最上階だけで、他は殆ど貸出中ですが」

「なるほど……」

屋敷を見たときも思ったが、やはり晶絵と自分たちは住む世界が違う。というより、スケールが違う。

「それよりもいいんですか？　信号待ちをしてるとおっしゃってましたが」

背後を覗き込まれつつそう言われ、光莉は「え？」と振り返った。すると、光莉の視線が信号を捉えたと同時に、色が青から赤へと切り替わった。

「ああ！　……やっちゃったー！」

片手で目元を覆う。これで予定していた電車には乗れないことが確定した。光莉はがっくりと肩を落とす。そんな彼女を見かねてか、土方はため息交じりにこう言った。

「七瀬さん、どちらの方面に行かれるんですか？」

「えっと、足立区の方になるんですが……」

「それなら、途中までなら送れますよ。乗っていかれますか？」

その申し出に、光莉の声は跳ねる。

「え！　いいんですか？」

「はい。先程言った通りに途中までなら、ですが」

「大丈夫です！　助かります！」

「それなら助手席の方へどうぞ。後部座席には荷物が載っていますから」

光莉は指示されるまま助手席に乗り込んだ。土方の言っていたように後部座席にはいくつかビニール袋が置かれている。足元には暖房用の灯油でも入っているのか、赤色のポリタンクが白いビニール袋に入った状態で置かれていた。

「最近寒くなりましたもんね」

ポリタンクを目の端に入れつつそう言えば、「ええ。そうですね」とやっぱり感情の薄い声が返ってきた。

そして、車は走り出す。土方はおしゃべりな方ではないので道中会話に困らないか心配だったが、意外にも問題はなかった。光莉の心配が伝わったのか、土方の方から積極的に話しかけてきてくれたのだ。最近の仕事の調子から始まり、警察ではどんなことをしているのか、光莉の部署についてなど、土方は色々質問してくれた。もちろん話せないことはたくさんあったが、当たり障りのない部分で光莉は土方との会話を楽しんだ。

そして光莉の話が品切れになったあたりで、次は晶絵の話になった。

不知火の死体が消えた謎に関して、晶絵や土方にはキリヤの仮説は伝えていなかった。証拠があるわけではないからだ。なので晶絵は今、伎一が残したスケッチブックを眺めながら日々を穏やかにのんびりと過ごしているらしい。東京のマンションと島の屋敷は半月ずつ行き来しているが、最近晶絵の足が少し悪くなってきたらしく、これからは東京のマンションで過ごすことが多くなるとのことだった。

「そういえば、詐欺師について、土方さんはなにも知りませんか？」

「詐欺師？　ああ、晶絵様が騙されたという方ですか？　実は、あまり晶絵様とそういう話はしないんです。なので、ほとんどなにも知らないんですよ。私は会ったこともありませんし」

「そうですか」

なんとなく残念に思っていると急に車が停まった。あたりを見回すとキリヤの実家の最寄り駅の前だった。

「このへんでよろしいですか？」

「はい。ありがとうございます！」

光莉は車を下り、深々と頭を下げた。土方は「いえ」と一つだけ頷いて、ハンドルを握り直す。その手元を見て、光莉は、あれ？　と首を傾げた。別に土方の手元がおかしかったわけではない。ただ、何かが妙に引っかかったのだ。その何かは、光莉にもよくわからなかった。得体の知れない違和感が胸の中にこみ上げる。

そんな光莉を置いて、土方の車は走り出す。走り去っていく車を見つめながら、光莉はまたもう一度首を傾げた。

6

「十分の遅刻ですね」

喫茶店に駆け込んできた光莉を見るなり、キリヤはそう言いつつ立ち上がった。光莉が「ホント、ごめん」と肩を上下させながら謝ると、急いできたのが伝わったのか「別に怒ってませんよ」とキリヤにしては寛大な返事が返ってきて安心した。

そうして二人は、望月家に向かった。家の前には警察官が二人ほどいて、興味本位で集まった数人の野次馬やマスコミの侵入を阻んでいる。そんな警察官に光莉は警察手帳の表紙を見せた。すると、片方の警察官が「どうぞ」と二人を通してくれた。

望月家はキリヤたちがヒナタの小指を見つけたときと何ら変わらない様子でそこに

建っていた。くすんだ白いモルタルも、破れかけの網戸も、錆びた手すりもそのままだ。しかし、いざ中に入ってみると、思った以上の物の少なさに目を見張った。家具などはかろうじて残っているが、棚の中は空っぽで、なにも残っていない。特に顕著なのが二階の悟の部屋で、机やテレビなどは残っているが、引き出しの中には何も入っていないし、レコーダーなども持ち去られている。一課が捜査のために持ち出したということはわかるのだが、部屋の中は本当に何もなくてがらんとしていた。

「これは……」

「探すと言ってもって感じだね……」

圧倒されたように二人はしばらく部屋の前で立ち止まる。

「もう、やめとく？」

「そんなわけないでしょう」

光莉が予め渡していた手袋を、キリヤは両手にはめた。もう一課があらかた調べ終わっているとは言っても、これらはまだ全部重要な証拠だ。素手のまま触るというわけにはいかない。

光莉とキリヤが手袋をはめて家探しを始めようとしたそのとき、二人の背中に耳に馴染《なじ》んだ声がかかった。

「お？　やってるな？」

「え？　一宮さん！」

「一宮さん？」

　その声は見事に重なった。キリヤと光莉の呼びかけに、一宮は「おう。一宮さんだ」とおどけたように言って部屋に入ってくる。望月悟の部屋は、八畳と子供部屋にしては少々広めだが、大柄の一宮が来たことにより、室内は一気に圧迫感が増した。

「なにしに来たんですか？」

　そう聞いたのは、キリヤだった。光莉も同じような気持ちで一宮を見上げる。たしか今日は、来られないという話だったはずだ。

　一宮はその疑問を予め予測していたような表情を浮かべ、手に持っていた紙袋をひょいっと二人の顔の前に掲げた。

「色々早く終わったからな。土産を持ってきてやった」

「土産？」

「丁重に扱えよ」

　一宮は光莉に紙袋を渡した。その紙袋は見た目よりもずっしりと重い。何が入っているのだろうと中を覗き込んで驚愕《きようがく》した。そこには灰色のノートパソコンと、紺色のスマートフォンが入っていた。このタイミングで渡すということは、おそらく悟ののだろう。

キリヤと光莉は同時に一宮を見上げた。

「二階堂に無理言って借りてきてやった。一応、中のデータは隅から隅までコピーを取ってるが、変なことはするなよ？　俺が大目玉食らうからな」

「……ありがとうございます」

「あと、キリヤが触るときは俺か七瀬の前でな。お前が細工をすることはないと思うが、一応重要な証拠品だからな。そのへんの扱いは慎重なんだよ。悪く思うな」

「大丈夫です。それぐらいは、わかっています」

「キリヤくん、どうする？　パソコンから調べる？」

光莉がそう聞いたのは、彼の視線がノートパソコンの入っている紙袋にずっと留まっていたからだ。しかしキリヤは、光莉の問いかけにゆるく首を振る。

「いえ、今は部屋の方を」

「わかった」

「つっても何もねぇなぁ」

二人の心境を代弁するかのように一宮が部屋を見回しながら大声でそう言った。しかし、彼はそれで投げ出すわけではなく、さっさと手袋をはめると誰よりも早く家探しを始める。その背中を見ながら手慣れていると思ったが、そういえば彼は以前、捜査一課にいたのだと、今更ながらに思い出した。促されるように光莉とキリヤも家探しを始める。そうして三人はそれから三十分ほど何もない部屋を虱潰《しらみつぶ》しに探したのだった。

「こりゃ、なにもないぞ。ってか、本当にあるのか、交換殺人に使われた手紙なんて」

ぱんぱんと手をたたき合わせながら埃を払いつつ、一段落といった感じの声を出した一宮に、キリヤは無言のまま顎を撫でる。あるともないとも言わないのは、彼自身が手紙があると確信を持てないためだろう。もしくは、彼自身は確信を持っているが、それを他人に認めさせるだけの証拠が何もないので黙っているのかもしれない。

「天井裏とか、畳下はもう一課が調べてますよね?」

「んなもん、あたりまえだろ?」

「なら——」

そんな会話を交わすキリヤと一宮を、光莉は目の端に留めつつ、壁紙をなぞった。なんだか、妙な違和感があるのだ。と言ってもその違和感がどういったものなのかは彼女にもよくわからない。

光莉は部屋の入り口に立つと、右から左へゆっくり部屋の中を見ていった。そして折り返すように、左から右へもう一度部屋に視線を滑らせた。「あっ」と声を上げてしまったのは自分の違和感の正体に気がついたからだ。しかし、それはあまりにも事件に関係なさそうなものだった。

「どうかしましたか？」

光莉の声を聞いてキリヤがこちらを向いた。

「いや、ごめん。なんでも――」

「些細なことでも大丈夫ですよ」

先を読むように彼はそう言葉を被せてくる。光莉は観念したかのように苦笑いを浮かべると「たいしたことじゃないんだけどね」と前置きをした。

「ここの壁紙、他の部屋の壁紙と比べて少し白いなぁと思って」

「白い？」

「色のせいかな、妙に新しく見えるというか。最近――ではないのかもだけど、他の部屋より比較的新しく張り替えられている気がするんだよね」

思ったままを口にすれば、キリヤと一宮の顔色が変わる。そして、二人は同時に顔を見合わせ、すぐさま壁に視線を移した。

「こりゃ、たしかに白いな。それに、言われてみりゃないな」

「隣の部屋を見てきますね」

キリヤが部屋から飛び出していき、一宮が壁を叩き始める。二人がどうしてそんな風に焦り始めたのかわからない光莉は目を瞬かせながら「えっと」と一宮に助けを求めるような視線を向けた。一宮はそんな後輩刑事の疑問に懇切丁寧に答えてくれた。

「部屋の壁紙が張り替えられてるってことはな、何かを隠した可能性があるってことだ。……で、それを前提とすると、この部屋にはあるべきものがないことに気がつく」

「あるべきもの？」

「収納ですよ」

隣の部屋から帰ってきたキリヤは壁の一面を指さした。一宮は頷き、キリヤとともにその壁に寄った。光莉も慌てて二人についていく。

「この壁の向こうに主寝室があり、こちらの部屋に面した壁には大きな収納がありました。しかし壁全面が収納というわけではなく、左側だけが壁に埋め込まれるような形でクローゼットになっていました」

「つまり？」

「つまり、クローゼットのなかったこちら側は、本来、この部屋の収納だったということですよ」

そう言ってキリヤは壁に手を這わせた。そうしてコツコツと、まるでノックをするように彼は壁を叩いた。その音を確かめた後、別の壁をまた叩く。

「やっぱり音が違うな」

「ですね」

音の違いは光莉にもわかった。キリヤが収納があると言っていた方の壁は確かにとても安っぽい音がした。例えるなら薄いベニヤ板を叩いたときのような軽い音。

一宮は壁際に置かれていたローテーブルと本棚をどかし、壁をくまなく確かめた。そして、しゃがみ込みしばらく何やら手を動かした後、嬉しそうな声を上げた。

「こりゃ、七瀬。大手柄だぞ」

「え？」

一宮は壁紙をつまみ上げる。するとあまりにもあっさりと壁紙は剥がれた。それを見ながら、まるでシールのようだ、と光莉は思った。壁紙の下から出てきたのは茶色い扉。出っ張るからだろう、取っ手は取り外されており、代わりに手を引っ掛けられそうな雑な穴が扉に空いている。壁との段差は壁の方に薄いベニヤ板を貼ることで補っているようだった。

「この両面テープ、何度も張ったり剝がしたりできるタイプのものですね。いざというときに開けられるように工夫していたみたいです。まあ、そう何度も開閉するわけではないでしょうが」

「わざわざこの仕掛けのために、部屋全部の壁紙を張り替えたってわけか。ご苦労なことだな。んじゃ、何を隠してたか早速拝むとしますか」

一宮はそう言うや否や、穴に指をかけ、収納扉を開けた。閉まっていた期間が長いからかバキッと薄い木が折れるような音がして、扉が開く。中はキリヤと一宮が予想した通り、半畳ほどの収納になっていた。上下に分かれるように仕切りがあり、上段にそれは置いてあった。

「クッキー缶？」

そこにあったのは少し大きめのクッキー缶だった。保存状態が良いからか縁は錆びておらず、まるで先ほどそこに置いたかのようだった。収納の中にはクッキー缶以外何もなく、本当にただただガランとしている。

キリヤはクッキー缶を手に取り、蓋を開けた。止める者は誰もいなかった。

「手紙だ……」

キリヤが呟くと同時に光莉も彼の手元を覗き見た。そこには確かに真っ白い長形封筒がいくつも入っている。宛名はない。消印もない。しかし封筒の中には便箋らしきものが数枚束になって入っていた。

「せっかく持ってきてやったんだが、パソコン、いらなかったな」

そう言って、一宮もキリヤの手元を覗き込んだ。

クッキー缶を持つキリヤの手にぎゅっと力が籠もった。

7

二階堂に電話で許可をもらい、三人が封筒を開けたのが二十分ほど前の話。それからキリヤは黙々と手紙を読み込んでいた。どうしてたった数枚の手紙を読むのにそんなに時間がかかっているかというと、それが暗号で書かれているからに他ならなかった。手紙は真っ白い便箋に横書きで書かれていた。使われている文字は多種多様。アルファベットもあれば、数字や記号も使われていた。もちろん光莉には何が書いてあるかわからない。だからキリヤと同じように手紙を見つつも、彼がこの暗号を解いてくれるのを彼女はじっと待っていた。恐らく一宮の方も同じだろう。手紙に視線を落としつつも、隣のキリヤをチラチラと窺《うかが》っている。しかし、キリヤの口から飛び出してきたのは意外な一言だった。

「なんて書いてあるか、わかりません……」

キリヤは忌々しそうにそう言いながら、前髪をかきあげた。珍しい彼の弱気な言葉に光莉は目を剝《む》き、一宮も意外そうな声を出した。

「お前でもわからないのか？」

「この暗号がどういう性質のもので、何をしているかまではわかるんです。ただ、これを解くための鍵がどこにあるのかわからない」

「鍵か……。ちなみに今、どこまでわかっているんだ？」

「おそらくこれが、換字式暗号、というところまでは予想がついています。つまり、文字を別の文字に置き換えている暗号だということですね。手紙に書かれている文字の少なさから言って、置き換わる前の文章——平文はひらがなだったのではないかと思われます」

光莉たちにもわかるように、キリヤはそう噛み砕いて説明してくれる。

「それなら、栞のときみたいに頻度分析が使えるんじゃない？　ひらがなだってところまでわかってるなら……」

「頻度分析をするには、サンプルが少ないんです」

「サンプル？」と光莉は首をひねる。

「頻度分析を行うためには、ある程度の文字量が必要なんです。しかし、手紙一枚に書かれている文字量はたったの数行。これでは文字を一つか二つは解読できるかもしれませんが、すべての文字の解読にはどうやっても至りません」

「いやでも、一通一通の文字量は少ないかもしれんが、これだけの手紙があるんだ。合わせたら結構な文字量になるんじゃないのか？」

手紙を指で弾《はじ》きながら一宮がそう聞くと、「そこが問題なんです」とキリヤは声を低くする。

「実はこの手紙、一通一通で鍵が変わってるんですよ」

その言葉に光莉と一宮は目を剝いた。キリヤは「ちょっと見てください」と手紙を二通、光莉と一宮の前に出した。

「この二通の手紙ですが、それぞれ所々にスペースがあるでしょう？　これは本来ならば、句読点がある位置にスペースを設けたものだと思います。この暗号文では句読点なども文字の一つとして使われていますからね。このようにして表すしかなかったのだと思います」

それがどうしたのだと、光莉と一宮が顔を上げれば、キリヤは二人の視線を戻すように手紙に指を滑らせた。

「見てほしいのはスペースの前の文字です。日本語で句読点の前の文字というのは、ある程度決まっているものなんです。特に顕著なのが句点の前の文字で、文章の最後につけるため『です』『ます』や『でした』『だった』などというように『す』や『た』が多く使われる傾向があります。その他には『でしょう』や『しません』、『でしょうか』や『する』などもありますが、やはり圧倒的に『す』と『た』の頻度は多い。しかし、この二通の手紙の句点の前だと思われる文字は、全くかぶっていません。それどころか全体を俯瞰してみると、使われている文字の種類が全く別だということがわかります」

キリヤは二枚の便箋をつまんでこちらに掲げてみせる。

「右側で多用されているのはアルファベット。左側で多用されているのは数字です。同じ人物が同じ鍵を用いて書いた手紙だとするならば、この偏りはおかしいと言わざるを得ない」

「つまり、鍵が違う？」

「そういうことです」

キリヤは深く頷いた。

「鍵の見当は全くつかないのか？」

「そういうわけじゃありません。……ここを見てください」

キリヤは便箋の端を指で叩いた。

そこには誰にでも読める文字で日付が書かれている。

「おそらくこれが、一通一通、鍵が変わっている仕掛けです」

「日によって鍵が変わるってことか」

「はい。ただ、望月悟とこの手紙を書いた人物が交換殺人を行っていたとすると、物理的な鍵は残していないと思います。例えば、コードブック——暗号解読の方法を記載した本のようなものをお互いの家に残していたとすると、それ自体が犯罪の証拠になりかねない。これでは交換殺人をした意味が半減してしまいます。交換殺人の最大のメリットは、被害者と加害者の直接的なつながりがなく、動機からの捜査が困難になるという点です。また殺す日時を設定すれば、アリバイも作れます。しかし、同時期に起きた二つの殺人事件の容疑者二人から同じコードブックが出てきたらどうでしょう？」

「警察だってバカじゃねえんだ。さすがに交換殺人を疑うだろ」

「ですよね」

「つまり、鍵は目に見えないもの、ってこと？」

「もしくは、見えにくいもの、ということになりますね。少なくともわかりやすい場所に堂々とは置いていないと思います」

「ってことは、どこにあってもおかしくないもの。もしくは、誰が持っていてもおかしくないものってことか……」

一宮が呟くと同時に、三人の間に沈黙が落ちる。

光莉は辺りを見回しながらキリヤが言うところの鍵を見つけようとしたのだが、具体的な形状や条件がわからないため、何を探せばいいのかもわからなかった。そうしているうちに、光莉の視線は一宮が持ってきた紙袋に留まった。

「一宮さんが持ってきたスマホやパソコンの中には、何もないんでしょうか？」

「さすがにないだろ？　鑑識が隅から隅まで調べたって言うんだから」

「でも、調べ残しがあるかも！」

「いや、ない。あったとして、そうなったらもう俺たちには調べられねぇよ。ここには暗号のプロや捜査のプロはいても、パソコンのプロはいないんだからな。パソコンに残ってるデータは隅から隅まで調べ尽くされてる」

「……ＩＭＥは？」

問いかけたのはキリヤだった。ＩＭＥという聞き慣れない単語に、一宮は眉間に皺を寄せ「は？」と首をひねる。

「ＩＭＥは調べたんですかね？」

「なんだＩＭＥって？」

「Input Method Editor――直訳すると『入力方式エディター』。パソコンで日本語を入力するとき、ひらがなを漢字やカタカナに変換する必要がありますよね。そういった変換をするためのプログラムのことをＩＭＥと呼びます」

言うやいなや、キリヤは紙袋から望月悟のノートパソコンを取り出した。そのまま床の上で蓋を開ける。充電は残っていたようで、電源ボタンを押すとすぐに画面が立ち上がった。どうやら最初のパスワード入力は、もうあらかじめ取り払われているらしい。

キリヤはメモ帳を立ち上げる。その後、画面右下の『あ』という文字の隣にある、丸がいくつか重なったようなアイコンを左クリックした。するとすぐさま『キーボードレイアウト』という小さな画面が下から伸びてきた。その中には『日本語 Microsoft IME』『日本語 Google 日本語入力』『日本語 ATOK』などが確認できる。そして、その中に交ざるように『日本語 ci-text』『日本語 cl-text』というのが見てとれた。

「これだ――」

キリヤは食い入るように画面を見つめる。

「何か見つけたのか？」

「はい。おそらくこれが暗号機です」

「暗号機？」

「暗号の組立や翻訳をより正確かつ迅速に行うための機械のことをそう呼びます。一番有名な暗号機はエニグマでしょうか」

「エニグマ？」と光莉と一宮が同時に眉根を寄せた。

「第二次世界大戦中にドイツ軍が使っていたとても優秀な暗号機です。アラン・チューリングらによって解読されてしまいました」

キリヤはＩＭＥを『日本語 Google 日本語入力』から『日本語 ci-text』に変更

し、メモ帳に『こんにちは』と打ち込んだ。そして、スペースキーを一度押す。するとすぐさま文字が変換された。

『O?E2!』

「暗号文になった！」

光莉は声を大きくする。しかし、キリヤはそれに反応することなく、今度はＩＭＥを『日本語　cl-text』に変更し、先ほど出てきた『O?E2!』を入力し、スペースキーを押した。

『こんにちは』

「もとに戻ったな」

今度は一宮が声を出した。変換の仕方を見るに、『日本語　ci-text』で平文を暗号文に、『日本語　cl-text』で暗号文を平文に戻せるようだ。

「ってことは、手紙に書かれていた暗号文をここに入力すれば、解読ができるってこと？」

「いいえ。おそらくこのままの状態では解読はできません」

キリヤはまるで証明するように、手紙に書いてあった一文を入力して変換してみせた。すると、『MikzkbfAo』が『EvNdNShr0』になり、全く解読できないことが証明される。

「それじゃ、どうするんだ？」

「ここで、日付が役に立つんですよ」

キリヤは便箋の端に書いてある日付を指で叩いた。彼はタッチパッドに指を滑らせ、時間はそのままにパソコン内の日付だけを便箋に書いてあるものに合わせた。そしてもう一度『MikzkbfAo』を打ち込み、スペースキーを押した。そうして出てきた文字に、光莉は目を大きく見開いた。

『おねがいがあります』

「すごい！」

「なるほど。こうして出力された暗号を手書きで便箋に書き写し、相手に送るのか。んで相手は日付を調整したパソコンで解読。印刷したものを送らなかったのは、印刷する時に誤って保存してしまうリスクを避けるためだな」

「だと思います。一度保存されてしまえば、その後いくらデータを消しても復元されてしまうおそれがありますからね」

言っている間にもキリヤの指は動いて、あっという間に便箋一枚を解読してしまう。

そうして画面に映った文章に、キリヤは眉根を寄せ、光莉と一宮は息を呑んだ。

『ありがとうございました
けさ　しんぶんきじでかくにんしました
ぷれぜんとも　きちんともってかえってきてくれたみたいで　あんしんしました
とってきていただいたぷれぜんとは　いつもどおり　てがみといっしょに
しろいあのひとにわたしてください　たのしみにしています　R』

その文章をしげしげと見つめた後、一宮は頭を押さえて小さく唸《うな》り声《ごえ》を上げる。

「まじでこりゃ、交換殺人だな」

「それより、ここに書いてある『ぷれぜんと』って、もしかして、ヒナタちゃんの小指のことですか？」

「そうみたいですよ」

いつの間にか二通目の解読を終えていたキリヤが、再びこちらにパソコンの画面を向けてくる。

『わたしがころしてほしいじんぶつは　くじょうひなた
にちじは　くがつはつか　じかんはゆうがたにしてください
じゅうしょは――』

それは、先ほどキリヤが解読したものとは違って、ヒナタが殺される前の手紙のようだった。手紙には九條家の、ヒナタの、個人情報が並んでいる。

『さいごになりますが
みぎてのこゆびを　きりとって　もちかえってください
それは　わたしのあいするひとのものです
かみさまがまちがえて　かのじょにあたえてしまったもの
それでは　どうぞよろしくおねがいします　R』

「さっきの『ぷれぜんと』を加味して考えると、こいつはキリヤの妹の小指を誰かにやるために切り取ったってことか」

一宮の言葉で思い出したのは、弦牧の過去だった。彼は過度な練習のせいで右手の小指の腱を切ってしまい、それによってピアニストになる道を諦めてしまっていた。しかも弦牧はヒナタがピアノをやめようとしていることにも不満があったようだったのだ。

もしかすると弦牧のそばにいる誰かが、彼の意図を勝手に汲んでヒナタを害そうとしたのだろうか。

光莉の報告書に目を通していたのだろう、一宮もどうやら彼女と同じ結論に達したらしく、顎を撫でながら少し厳しい声を出した。

「確か、弦牧響輔の妹が『瑠璃』って名前だったよな？」

彼の視線は、手紙の末尾に必ずついている『R』というアルファベットに留まっている。彼はそれが犯人のイニシャルではないかと言いたいのだろう。

光莉も手紙の中の『R』の文字を見ながら、しばらく考えていた。いや、もしかすると、考えていた、というより、思考を止めていた、という方が正確かもしれない。光莉は自分の中にある膨大な記憶の海の中にいた。

なにか、なにかが、引っかかるのだ。なんだろうこれは。

一体自分は何が気になっているのだろうか。

光莉の食い入るような視線に気がついていないのだろう、一宮はもう待てないとばかりに何処かに電話をかけ始める。

「とりあえず、二階堂に頼んで弦牧瑠璃に任意同行をかけてもら――」

「ああ！」

光莉が大きな声を上げるのと、一宮のスマホから『二階堂です』と聞こえたのはほとんど同時だった。一宮は身体をビクつかせた後、スマホの下部を手で押さえ「なんだ!? いきなり大声出して！」と自身も相当に大きな声を出した。

「違います！」

「は？」

「あ、いや。違うって断言するほどの根拠があるわけじゃないんですが、たぶん違います！　瑠璃さんじゃないです！」

その時、光莉の頭の中に浮かんでいたのは、瑠璃ではない女性だった。綺麗で真っ黒な長い髪を、頭の下の方で結わえた、背筋の伸びた女性。スーツのよく似合う、誰に対してもそっけない態度をとる、女性――

「土方遼さんです！　彼女の薬指に、弦牧さんと同じ指輪がありました！　二人はおそらく恋人同士です！」

「間違いありませんか？」

「間違いない！　私、さっき見てきたばかりだから！」

光莉はキリヤの問いに焦ったように答えた。そして、土方の車から降りたときに感じた違和感を思い出した。そうだ。あれは、指輪を見て抱いた違和感だったのだ。同じものをどこかで見たという違和感である。

光莉とキリヤの会話に、焦れたような一宮の声が割り込んでくる。

「土方遼ってだれだ？」

「知り合いの使用人をしている女性ですよ。弦牧先生がその知り合いにピアノを教えているんです」

「つまり、その土方遼と弦牧響輔は以前からの知り合いだってことか。んで、同じ指輪をしていて、イニシャルが『R』――」

「手紙の『それは　わたしのあいするひとのものです』という一文から考えるに、妹の弦牧瑠璃さんよりも、恋人である土方遼さんのほうが犯人である可能性が高いと思います」

『一宮さん。どうかしましたか？』

声は一宮のスマホからだった。どうやら二階堂はまだ電話を切っていないらしい。

一宮はスマホと光莉たちを交互に見た後、「ああ、もう！」とスマホを耳につけた。

「二階堂、理由は後で説明するから、今から言う二人に任意同行をかけてくれ。いや、だから、理由は後で……。ああ、もうわかった！　今から簡単に説明するぞ。あのな電話で話すにはあまりにも大きな声で、一宮が電話口の二階堂にこれまでのことを説明し始める。その光景を見つつ、光莉は土方の車に乗ったときのことを思い出していた。

土方は晶絵に買い物を頼まれたと言っていた。彼女の言う通りに車の後部座席には細々とした日用品やら、お酒やら、食材やらが載っていた。そして、足元には赤いポリタンク——

光莉は自身のスマホを取り出した。電話帳から探し出したのは、『水無瀬晶絵』の文字。光莉はためらうことなく彼女のスマホに電話をかけた。

「七瀬さん、どうかしたんですか？」

「いや、ちょっと、確認したいことがあって……」

なんとなく歯切れが悪くなってしまったのは、確信できるような材料が何もなかったからだ。胸に広がるのは漠然とした不安。その不安の中心には、あの赤いポリタンクがあった。そうしているうちに、晶絵が電話に出た。彼女は『あらあら、珍しいわねぇ』と以前と変わらないおっとりとした声を出す。

「晶絵さん、お久しぶりです」

『久しぶりね。どうしたのかしら？』

「あの、晶絵さんって、いま東京の方のマンションにおられますか？」

『ええ、いまは東京よ？　それがどうかしたの？』

「いえ。……あの、晶絵さんのお部屋って、灯油を使うような暖房器具ってありますか？　石油ファンヒーターとか、そういうやつです」

晶絵の回答が返ってくるまで僅かな間があった。きっと、どうしてそんなことを聞くのだろう、と思っているに違いない。

『えっと、そういうのは置いてないわ。私、暖かい風が出るような暖房器具、あまり得意ではないのよ。それがどうしたの？』

「あ、いえ。なんでもありません。ありがとうございます」

光莉はそのまま晶絵との通話を切った。本当ならばもっと聞くべきことがあったのかもしれないが、頭が混乱していて、それどころではなかったのだ。

「どうかしましたか？」

光莉の動揺を見て、キリヤがそう声をかけてくれる。彼女はそれに答えることなく、キリヤの目を見つめつつ、こう質問した。

「キリヤくん。ヒナタちゃんって、弦牧さんの家まで歩いてピアノ習いに行ってたんだよね？」

「そうですよ」

「つまり、キリヤくんの家と弦牧さんの家の最寄り駅って一緒だよね？」

「はい。一緒ですが……」

それがどうしたのだとキリヤは眉根を寄せる。

光莉は頭の中にある言葉たちをどうにか整理して、口からゆっくりと吐き出した。

「今日さ、土方さんの車に乗ったの。ここに来るときに偶然見かけて、それで、声かけたら途中まで乗せていってくれるって話になって」

要領を得ない光莉の言葉を、キリヤは途中で口を挟むことなく、辛抱強く聞いてくれる。

「後部座席の足元に、赤色のポリタンクがあったんだよね。私、今の今まで、その中に暖房に使う灯油が入ってたと思ってたんだけど、違ったみたい。さっき電話で確認したんだけど、晶絵さんの家に灯油を使うような暖房器具はなかったんだよね。あと、私がおろしてもらった場所、キリヤくんの家の最寄り駅で、多分そこから弦牧さんの家も近いんだよね？」

自分で言っていてちょっと寒気がした。思考がぐるぐると回る。

晶絵は灯油を使うような暖房器具は置いていないと言った。でも、土方の車には赤いポリタンクが載っていて、彼女は弦牧の家の近くでなにか用事があるようだった。

「つまり七瀬さんは、土方さんが弦牧先生の家に火を放つのではないか、と言ってるんですね？」

光莉の頭の中をまとめるようにキリヤがそう言う。光莉はまるで助けを求めるように彼の顔を見つめた。

「突飛な考えだと思う？」

「いえ、十分現実的な考えだと思います。……七瀬さん、昨日、弦牧先生に会ったって言ってましたよね？　そのときに、ヒナタの件を話したとも」

「うん。どうせ話を聞きに行く予定だったし、少しだけね」

「もしも本当に、二人が付き合っていたとするならば、土方さんは弦牧先生からヒナタの再捜査の件を聞いた可能性がある」

その指摘に、光莉は「あっ！」と声を上げた。キリヤは「ここからは本当に土方さんがもう一人の犯人だったらという仮説のもとでの話になりますが」と前置きし、さらに話を続ける。

「再捜査の話を聞いた土方さんはきっと不安になったと思います。自分に捜査の手が及んでいるのか、それとも望月悟に捜査の手が及んでいるのか。彼女は確認したかったと思います。だから彼女は望月悟の家に様子を見に行き、捜査員を見つけてしまった」

「そんなのを見たら――」

「そう、もう逃げられないかもしれないと彼女は思うはずです。今は平気だが、いずれ自分の身にも捜査の手が及ぶのではないかと。だから今のうちに死んでしまおうと考えた。愛する人と一緒に……」

その言葉に、光莉はぞわりとうなじの毛が逆立つ思いがした。

「七瀬さんを自分の車に乗せたのは、自分にどこまで捜査が及んでいるか確認するためでしょう。きっとそのあたりのことを聞かれたのでは？」

「確かに、いつもより色々質問されたけど。……でも、もし捜査の手が及んでたらどうするつもりだったの？　土方さんが犯人だとすると、刑事の私を車に乗せるのはリスクが高くない？」

「きっと高くなかったんでしょうね。彼女が恐れているのはおそらく逮捕されてしまうことでも、死ぬことでもない。弦牧先生に嫌われてしまうこと。彼女はおそらくそれを一番恐れている」

言うやいなや、キリヤは電話を終えた一宮に「すみませんが僕の家の方面まで車を出してくれますか？」と歩きながら問う。つま先は家の外に向いていた。キリヤの真剣な表情に、一宮もなにか察したらしく「どういうことか車の中で説明しろよ」と背広のポケットに手を突っ込み、車の鍵を取り出した。

8

自分でもわかっている。

この気持ちは、恋というより、愛というより、執着だった。

赤色のポリタンクから、とぷ、とぷ、とぷ、と灯油が流れる。私はそれを部屋の壁際に撒《ま》き終わるとソファで眠る響輔の隣に腰掛けた。眠っていることを確かめるように頬をなでる。彼はそんな刺激など感じていないとばかりに同じリズムで呼吸を繰り返していた。幸せそうな寝顔だった。

最初に彼のことをいいなと思ったのはいつだったろうか。ああ、そうだ。最初は彼の弾くピアノの旋律にほれたのだった。彼の指先から紡がれる音はどれも洗練されていて、音楽に詳しくない私の心をいとも容易《たやす》く虜《とりこ》にした。

ラ・カンパネラ、鬼火、スカルボ……

彼の指先はまるで命を持った子のように白い鍵盤と黒い鍵盤をジャンプする。

彼のピアノを聞くたびに、私は自分が彼とは違う世界の住人だということを実感した。

私の幼少期は決して恵まれたものではなかったと思う。暴力を振るう父に、見て見ぬふりをする母。家は常に貧乏で、真冬でも私はTシャツ一枚で学校に通っていた。運動靴や上靴はもう成長した足のサイズに合ってなくて、私は足の指を丸めるようにして窮屈な運動靴に自分の足を押し込んでいた。

いつの頃だったかもう覚えていないけれど、私は子供の頃、音楽の授業が大好きだった。音楽室に入っては、先生に許可をもらいピアノを弾いたり、木琴を叩いたりしていた。そのときにはもう自分の境遇がほかの子どもたちと違うということはなんとなくわかっていて、だけど楽器に触っているその時間だけは私はそのことを思い出さないですんでいた。

でもそんなある日、音楽室に先客がいた。彼女はクラスで一番かわいい女の子で、名前は覚えていないけれど、お父さんが会社の社長をしているやら重役だかをしているやらそんなことを言われていた女の子だった。つまり、私とは何もかも正反対の女の子だった。そんな彼女がピアノを弾いていた。しかも、私よりも何百倍も綺麗な音色を響かせていた。彼女はまるで魔法使いのようにピアノを扱い、旋律を奏でる。まるで生き物のように指先が鍵盤の上で踊っていた。

そのとき、私が思っていたのは、『この子はピアノを習っているんだな』ということではなく、『ピアノは彼女のような人のものなんだな』ということだった。ピアノは自分のような人間が使っていいものではなくて、彼女のような選ばれた人間が扱うものだと、このとき私は理解した。

もちろん妬む気持ちもあったけれど、それ以上に憧れが強くて。

だからこそ私は、弦牧響輔という誰よりもピアノが上手に弾ける人間に囚《とら》われてしまったのかもしれない。

小学五年生の頃、父が死んだ。交通事故だった。

私は暴力から解放されたが、以前にも増して貧乏になっていった。母は父に止められていた仕事を始め、そこからなかなか家に帰ってこなくなった。最初の頃は一週間に一度ほど家に帰ってこないことがあったりしただけだったが、だんだんとその頻度は増えてきて三日に一度ほどは家を留守にするようになった。私が身の回りのことを覚えたのはそれぐらいの時期だ。私が家事を頑張れば、母は喜んだ。夕飯を作った翌日などは、家に帰ってくることが多くなった。だから私は、母が喜ぶことを率先してやるようになった。それが母に愛されるための私の努力だった。私は母が何を求めているかを常に考えるようになった。そうして、母が求めているものは常に先回りして用意するようになった。用意するのが難しいものは、盗んでくることもあった。誰かから無理やり奪ってくることもあった。

それが私の母に愛される唯一の方法だった。

そして未だに、私はその方法しか知らない。

誰かに愛されるための方法は、それしか知らないのだ。

「貴方はもしかしたら指なんて欲しくなかったのかもしれないわね」

響輔の頰をなぞりながら私はそうつぶやく。

そう考えたことは一度や二度ではなかった。指を持ってこなかった私を、貴方が好きになってくれたあの日から、私の中で何かが変わり始めた。

もしかして、貴方は私に何も求めないのだろうか。

愛の代償を求めてこないのだろうか。

与えられた穏やかな愛に、私が何かを返さなくても、貴方は怒ったりはしない。私を殴ったりはしない。帰ってこなくなったりもしない。そのことに気がついてから、私は私がしでかしてしまった罪の重さを知った。でももうそのときにはすべてが遅くて、私はただただ自分がしてしまった悪事が貴方にバレてしまわないことをひたすらに祈った。

咎人《とがびと》になってしまったことを後悔しているのではない。私は、貴方が私を嫌ってしまうことを恐れていたのだ。

もう貴方のいない世界なんて考えられなかった。

でももう、それも叶わぬ夢だ。

私の罪はもう少しで詳らかになる。

そして、それを知った貴方は私のことを嫌いになる。

そんなの、耐えられるはずがない。

「だから一緒に死にましょう」

貴方が私の過去を知って、私のことを嫌いになってしまったら、きっと私はおかしくなってしまう。

いいえ、きっと、ではない。私は確実におかしくなってしまうだろう。

「もしかしたら、最初から――」

左手の薬指に光る、紫色の石が入った指輪。『別に高価なものじゃないんだけど』そう言って彼がその指輪をはにかみながら差し出してきたとき、私は、私の人生のすべてが報われたような気持ちになった。生まれてきてよかったと、このとき初めて思った。

だからこそ――

『そんなに彼がほしいの？』

『それなら、彼が手に入る方法を教えてあげようか？』

『いつだって人に尽くす君のことを、私は同志だと思っているよ』

『私も人の笑顔を見るのが大好きだからね。君と私はいい友達になれると思う』

その言葉に乗ってしまったことを、今では心底後悔している。

でも、彼を責める気にはなれない。

だって彼は私の願いを叶えてくれようとしただけなのだから。

私の唯一の友人なのだから。

私は床に響輔の身体を横たえる。そして、灯油を染み込ませた新聞紙にポケットに入っていたライターで火をつけた。そしてそれをすぐさま放った。火はあっという間に燃え広がり、カーテンに燃え移る。私はそれを見届けてから響輔に飲ませた睡眠薬を自分も呷《あお》った。

響輔の隣に身体を横たえると、なんともいえない幸福感が襲ってくる。

「ねぇ、響輔さん。天国で一緒になりましょうね」

9

車が到着する前に、光莉はキリヤの予想と自分の勘が当たっていたことを知った。

家が燃えている。

それは前方で立ち上っている灰色の煙からも明らかだった。住宅街の細い道路には、何が起こったのかと家から人が出てきている。一宮がこれから来るだろう消防車の邪魔にならないところに車を寄せ、光莉は車が完全に止まる前に外に飛び出した。人ごみをかきわけながら走る。弦牧の家に行ったことはなかったが、迷うことはなかった。

最初に感じたのは熱ではなく臭いだった。木が、布が、プラスチックが、燃える臭い。

少し酸っぱさも感じるような、鼻につく臭いだった。

走れば走るほど、臭いはどんどん強くなっていく。

そうして、光莉は弦牧の家にたどり着いた。

炎が壁を舐《な》めていた。一階の窓から飛び出した、オレンジとも黄色とも赤とも取れない複雑な色の炎が真っ白い壁に黒いすすの跡をつけながら上に上にと伸びている。その奥にある割れた窓からは煙が立ち上っており、空を灰色に染めていた。

「お兄ちゃん！」

人がいると気がついたのは、その声が聞こえてからだった。

声のした方を見れば弦牧の妹の瑠璃がその場に膝をついている。

彼女の視線は燃え盛る家の方へまっすぐ向いていた。

光莉は駆け寄って、彼女の肩を抱く。すると怯えたような目がこちらを見上げた。

「貴女は――」

「弦牧さんは中に？」

動揺する瑠璃の肩を強く摑《つか》んで聞くと、彼女はゆっくりと首を縦に振った。

辺りを見回す。すると、ようやく追いついてきた一宮とキリヤの姿を見つけた。消防車はまだ来ていない。光莉は弦牧の家の敷地から飛び出て、向かいの家に飛び込んだ。そして二階から火事の様子を眺めている家主の女性に声を張る。

「すみませんが、外の水道を貸してください！」

荒々しい光莉の声に家主は目を丸くし、「ど、どうぞ」と首を縦に振った。光莉はそれを確認すると、蛇口をひねり、近くにあったバケツにホースから水を注ぎ入れる。

そして、それを頭からかぶった。真冬に水をかぶるという行為に、心臓がこれでもかと跳ねる。しかし、光莉はそれを無視して、さらに頭の上でバケツを二、三回ひっくり返した。最終的に、頭の天辺からつま先までぐっしょりと濡れそぼったのを確認して、彼女はスーツの上着を脱いでバケツの水に浸す。

光莉の行動に彼女が何をしようとしているのか悟ったのだろう、一宮は焦ったような顔をしていた。

「お前、なにして――」

「一宮さんは野次馬の方をお願いします！　このままじゃ、消防車も救急車も通れませんから」

「おい、七瀬――！」

「七瀬さん！」

走りだしたと同時に腕を引かれた。振り返ればキリヤが不安げな顔でこちらを見ている。その表情はどこか怒っているようにも、心配しているようにも、狼狽えているようにも見えた。

光莉はそんな彼を安心させるように、無理やり頬を引き上げて笑みを作る。

「大丈夫。ちゃんと戻ってくるから」

手首を摑んでいる彼の手に自分の手を重ねて、できるだけ柔らかい声を出す。すると、キリヤの手の力が一瞬だけ強くなって、やがて諦めたようにわずかに緩んだ。光莉はそんな彼の隙をついて手を引き剝がすと、弦牧と土方を助けるために、燃え盛る家の中に飛び込んでいくのだった。

扉を開けると真っ黒い煙が光莉を出迎えた。息を止めてそのまま進むと、ようやく視界が明瞭になってくる。出火場所は廊下の先にあるリビングのようで、玄関にはまだ火の手はやってきていなかった。煙もまだ上の方にしかなく、光莉は口元にハンカチを当て、身体を低くして廊下を進んだ。しばらくそうして進んでいると、リビングと廊下を隔てる扉にたどり着く。扉は半開きになっており、そこからでも炎の熱を感じることができた。光莉は先ほど水に浸した上着を頭から被り、扉を開ける。目に飛び込んできたのは、龍のように暴れ回る炎と、リビングの中心に横たわる二人の人影だった。二人の手は繋がれており、幸せそうな顔で目を瞑《つぶ》っている。傍らにあるローテーブルにはソーサー付きのカップが二つとポットが置いてあった。もしかすると、あの中に睡眠薬が入っているのかもしれない。

光莉は二人に駆け寄った。予想通り、意識はない。

助けるべき人間が二人に対し、動ける人間が一人。

――どっちを助けるべきだろうか。

そこまで考えて頭を振った。こんなときに命の選択をするべきではない。

光莉はまず弦牧を背負った。意識のない身体はまるで液体と固体の中間のようで、支えにくい上に重い。その上、煙を吸わないように身を低くしておかなければならず、更に負担が腰にのしかかる。それでもなんとか身をかがめて弦牧を玄関まで運び出した。完全に外まで運ぶことも考えたが、そうすると今度は土方を助けられないかもしれない。部屋の中心にいる二人にはまだ火の手は回っていなかったが、リビングの壁という壁はもう炎に覆われていて、いつ天井が落ちてきてもおかしくない状況だったのだ。

それに幸いなことに、玄関にはまだ火の手は回っていない。煙も上の方にあるし、このように寝転んだ状態ならば煙も吸わないだろうと考えた。光莉は弦牧をその場に寝かせると、土方を助けるために再びリビングに舞い戻った。

リビングに入ると、先ほどよりも勢いを増した熱風が光莉の頬を撫でた。ちりちりと髪の毛が焼ける臭いがする。光莉は歯を食いしばりながら、先ほどの弦牧と同じように土方を背負った。額から流れた汗が、顔の輪郭を滑り、床に落ちて、あっという間に蒸発してしまう。空気を吸うたびに喉に張り付くすすの感触。何故か妙に喉が痛くてうまく空気が吸えなくなった。それにさっきから、頭が痛い。視界が回る。

もうすぐリビングを出られると思ったその瞬間――

地鳴りのような音がその場に轟《とどろ》いて、背中の方から先ほどとは比べ物にならない熱風が光莉と土方を襲った。埃が舞い上がり、肌になにかがかすって痛みが走る。

光莉は思わずその場に膝をついた。振り返ると、ちょうど先ほど土方と弦牧が寝ていた場所に焼け焦げた天井の一部が落ちていた。

「あぶな――」

さすがに冷や汗が背中を伝う。あとちょっとでも遅かったら土方共々天井に押しつぶされていたところだった。

光莉は息を呑んだあと、その場から立ち上がろうと足に力を込めた。しかし――

「あれ？」

足に力が入らない。それどころか身体に力が入らない。身体は重く鉛のようだった。

背中にいる土方のせいではない。これは一酸化炭素中毒だ。

光莉はそのまま床にうつ伏せになった。

火で焼かれた床板が光莉の皮膚をジリジリと焼く。

――このままじゃ……

光莉は最後の力を振り絞ると背中に土方をのせたまま、匍匐前進《ほふくぜんしん》で前に進んだ。そして、身体が動く限りのところまで彼女を連れていくと、自分の横に彼女の身体を滑らせて自分の上着を頭から被せた。これで火の手が回ってきても彼女の方はしばらく大丈夫である。

もう一歩も動けなくて、頭が重たくて、息が苦しかった。うつ伏せの状態からなんとか仰向《あおむ》けになり、歯を食いしばる。呼吸が荒くなる。だんだん熱が足元から近づいてくる。見上げた天井は真っ黒い煙に覆われていた。その中に揺らめく赤い炎。

――もしかしたらここで……

そんな考えが頭をよぎる。でも、不思議と恐怖はなかった。もしかすると、恐怖も感じないぐらいもう頭が動かなくなっていただけかもしれないが。

視界が暗転と明転を繰り返し始める。意識が途切れかけているのだ。光莉はもう蜘蛛《くも》の糸のように頼りなくなってしまった意識の糸を、放さないようにギュッと握りしめる。

火の手が迫り、煙が囲い、意識が遠のく。

もうだめだと思ったそのとき、玄関の方から複数人の足音が聞こえてきた。ゆるゆると顔をそちらに向けると、ぼやける視界の中に数人の靴らしきものが見えた。

そして聞こえる声――

「七瀬さん！」

そのどこまでも必死な声は、なぜかキリヤの声のように聞こえた。

冷たい空気が喉を洗い、肺まで届く。その新鮮さに光莉は思わず大きく息を吸った。チリリと焼かれるような喉の痛みに生きていることを実感し、ゆっくりとまぶたを開ける。

最初に目に入ったのは、ただの黒、だった。

──私、もしかして、目が……

見えなくなったのだろうか。一酸化炭素中毒で失明というのはあまり聞いたことがないが、もしかすると、もしかするのかもしれない。そんなことを思っていると、ぼやけていた黒が徐々に像を結びはじめる。数度まばたきを繰り返すと、視界が段々と明瞭になり、黒の正体も明らかになった。光莉が黒だと思いこんでいたのは、黒い髪だった。地面に寝転んでいる光莉を誰かが覗き込んでいる。

「……キリヤくん？」

黒い髪に他に当てがなくそう呼びかけると、その人物は視線を絡ませてきた。黒曜石のような黒い瞳が光莉を捉える。そこにいたのはやっぱりキリヤだった。いつも見ている国宝級に綺麗な顔はなぜか歪んでいて、いまにも泣き出してしまいそうな雰囲気をはらんでいる。

「この、馬鹿！」

そう怒鳴られて、はっと目が覚めた。ぼんやりとしていた意識が無理やり起こされる。

改めて見るキリヤはびしょ濡れで、頬にすすがついていた。その様子に彼が助けてくれたのだろうということがわかって、もうそれだけで胸が一杯になった。隣を見れば同じように濡れそぼった一宮と、寝転んでいる土方と弦牧がいる。どうやら二人共無事のようだ。その奥には複数人の消防隊員と、警察官の姿。光莉はほっと胸をなでおろす。

「良かった」

「なにも良くないですよ」

責めるような声に、光莉は改めてキリヤを見る。彼は仰向けになった光莉を覗き込んだまま、また最初のときのように光莉の顔から視線を外した。

「なんで、少しも躊躇なく飛び込んでいくんですか」

「ごめんね？」

「大丈夫って言ったのに、なんで倒れてるんですか」

「ごめん」

「貴女、謝ればいいと思ってるでしょう」

「本当にごめん」

顔の横に置いてあるキリヤの手がぎゅっと砂を摑む。

「もう、勘弁してください。貴女といると、生きた心地がしない……」

責められているはずなのに胸が温かくなって、光莉は肩を揺らしてしまう。そんな彼女にキリヤは「なに笑ってるんですか」と再び唸るような声を出した。

10

弦牧家の火事から二日後――

「んー！　祝・退院！」

「本当に、心配するだけ損な気がしてきました」

光莉が入院していた病院の前で、二人はそんな会話を交わしていた。ようやく窮屈なところから出られたという解放感から、空に向かって両手を上げている光莉に対し、キリヤは心底呆れたような顔で、肩を落とし、ため息をついていた。

「なにか言った？」

「……何も言ってないです」

キリヤはなにか言いたそうな顔をしながらもゆるく首を振った。

あれから程なくして、土方は捕まった。とりあえずの罪状は、現住建造物等放火と殺人未遂。焼けずに残ったポリタンクの一部から土方の指紋が見つかり、目を覚ました彼女にそのことを聞くと、何の抵抗もなくあっさりと罪を認めたらしい。一度死を覚悟したからか、はたまた恋人だった弦牧にいろいろ知られてしまったからか、土方は常に無気力で、もうどうでもいいという態度で事情聴取を受けているとのことだった。ヒナタの事件についてももうあらかた罪を認めており、今回の件も合わせて起訴に持ち込む予定らしい。実行犯である望月悟も土方の起訴と合わせて被疑者死亡のまま送検する予定とのことだった。また、動機についてはこれから詳しく聴取する予定だが、これまでの話を聞く限り、どうやらキリヤと光莉の推測した通りなのではないか、との話だった。

一つ不可解な点があるとするならば、ヒナタの事件の再捜査が始まったことを、弦牧は土方に言っていなかった事だ。彼女がどこでその情報を得たのか、それも、今後の聴取で聞き出していく予定だ。

そうこうしている間に二人は駐車場に着いた。目の前のセダンには先回りしてエンジンを掛けていた一宮が乗っている。

「今日は職場に顔を出しに行くんですよね？」

「うん。結構みんなに心配かけちゃったしね。あと、二階堂さんに始末書を提出しなくちゃいけなくて……」

「ああ」

キリヤは入院初日の二階堂の剣幕を思い出し、苦笑いを浮かべた。燃え盛る家の中に特攻していくという光莉の行動は、二人の人命を救うという結果に繋がったものの、やはりあまり褒められた行為ではないらしい。それどころか本来ならばもうちょっと重い罰が科せられる行動だったというのだ。

『もうちょっと考えて行動しろと、俺は何度も何度も言ってるだろうが！　お前みたいな部下を持ってたら、俺は寿命がいくらあっても足りん！　今回は真面目に反省しろ！　いいか！　わかったな!?』

そんな二階堂の言葉を聞きながら、キリヤは初めて彼に同情した。確かにこんな部下を持っていたら、四六時中気が休まらないだろう。だからこそ彼は、光莉を捜査一課に迎えようとしないのかもしれない。こんな頭より先に体が動いてしまう人間なんて、まっさきに命を落としてしまいかねないからだ。勇猛果敢と無謀の差が彼女にはない。

「七瀬さんって、出世しなそうですよね」

「それは言わないで……」

眉尻を下げながら、光莉が泣きそうな声を出す。情けない声を聞きながら、キリヤは笑いを嚙み殺した。

そうこうしていると、運転席の窓が開き、一宮が身を乗り出してきた。

「そういや、キリヤ。頼まれていた件調べておいたぞ」

彼はそう言って、茶封筒を差し出してくる。

「土方と望月の通話記録だが、全部お前の予想通りだったよ」

「そう、ですか」

「え、なに？　どうかしたの？　なにかあったの？」

「いいから、お前は早く乗れ」

まるで会話に入ってくるなと言うようにそう言われ、光莉は少し不服そうだったが、一宮の声に促されるように助手席に回り、ドアを開けた。

「キリヤくんはこのまま家に帰る感じ？」

「はい。大学のついでに寄っただけなので。あれなら荷物、マンションまで持って帰っておきましょうか？」

「え、いいの？」

「構いませんよ。大した荷物じゃなさそうですし」

キリヤは光莉から紙袋を受け取る。中には病院で急遽《きゅうきょ》買うことになったパジャマと、同僚たちから貰った見舞いの品が入っていた。たった二日間入院していただけなのに、結構な量である。改めて彼女が周りに愛されているのだということを実感する。

光莉は助手席に乗り込みつつ、こちらに手を振る。

「それじゃ、いってきます」

「……いってらっしゃい」

できるだけ感情を込めずにそう言うと、運転席の一宮が妙にニヤニヤしていて癪《しゃく》に障った。これから車の中で光莉はからかわれるのだろうな、ということがありありと想像できて、心底、放っておいてほしいな、と思った。

自分自身だって、この感情にまだ名前をつけていないのだ。

ため息一つで気持ちを切り替えて、キリヤは家路についた。

マンションに着いたところで、管理人の陸野隆幸がキリヤを出迎えた。

「おかえりなさい。九條くん」

「ただいま帰りました」

どうやら彼は生け垣の植物に水をやっていたようだった。彼はジョウロを傾けながら穏やかな声を出す。

「今日七瀬さん帰ってくるんだよね。最後に一目会えるといいなぁ」

「次はどこに行くんでしたっけ？」

「アメリカに行くつもり。夜の便で発《た》つから夕方にはここを出ないとね」

陸野が日本を発つと言い出したのは、光莉が入院した翌日だ。元々予定していたらしく、もう部屋の中に荷物は殆ど残っていないらしい。

「新しい管理人さんは、明日には来るそうだから」

「そうなんですね」

「なんだか、寂しくなるなぁ。九條くんとはこの前会ったばかりなのに」

陸野は新天地に思いを馳《は》せながら、鼻歌交じりに植物を愛《め》でていた。

そんな彼にキリヤは声を低くして尋ねる。

「アメリカでは、どんな名前を使う予定なんですか？——六院千高さん」

陸野はキリヤを振り返る。驚いた顔をしているが、それはどこか作ったような表情にも見えた。

「それが貴方の本当の名前ですよね？」

「なんの——」

「貴方が四年前の交換殺人をセッティングした黒幕だ」

被せるようにそこまで言うと、彼の表情は変化した。驚いたように見開いていた目を細め、口角を上げる。その微笑みはなにかを達観しているようにも、諦めているようにも、喜んでいるようにも見えた。

「否定しないんですか？」

「うん。とりあえず、話を聞こうと思ってね。否定はその後しようかな」

焦ることも狼狽えることもせず、彼はそう言って小首をかしげた。

「そもそも四年前の交換殺人って何のことかな？　僕はそんな事件少しも知らないん

だけど。あ、もしかしたら忘れているだけかな？」

「望月悟と土方遼が共謀し、僕の妹である九条ヒナタと泰木研一を殺した事件です。彼らは暗号文が作れるIMEを用いて手紙を作成し、情報交換していました」

「へぇ、そんな怖い事件があったんだ」

そう言う陸野は少しも怖がっているようには見えなかった。いつもの穏やかな空気はもうなく、どこか底の知れない暗闇のような雰囲気を醸し出している。先ほどとはまるで別人だった。

キリヤはそんな彼を見つめつつ、更に声を低くした。

深く息を吸ったのは、自分自身を落ち着かせるためだった。

「ではまず、僕がこの事件に黒幕がいると思った理由をお話しします ね。最初は、二つの疑問からでした」

キリヤは指を二本立てた。

「疑問その①、彼らはどうやって暗号文が作れるIMEを手に入れたのか。疑問その②、彼らはどうやって手紙のやり取りをしていたのか、です。一つずつ説明しますね。まず疑問その①ですが、望月悟も土方遼も、どちらもパソコンに関する知識は普通でした。ネットサーフィンをしたり、書類を作ったりするぐらいの技能はありましたが、せいぜいその程度です。ソフトウェアの開発などは彼らにはできないでしょう。ならば二人ではない誰かがIMEを作ったということになる。それは、誰なのか。また、誰が彼らに渡したのか。僕はそれが疑問でした」

陸野が「なるほどね」と余裕の表情で相槌《あいづち》を打つ。

「続いて、疑問その②です。彼らの手紙には郵送した痕跡はありませんでした。切手を貼った形跡もありませんでしたし、消印もありませんでした。そもそも封筒自体に宛先が書かれていませんでしたからね。ですから、あの手紙はお互いがお互いの家を行き来して直接ポストに投函《とうかん》したか、手渡して交換したということになります。でもそうすると、大きな疑問がまたいくつか生まれてくるんです。それは、どうして彼らはそんなにリスクの高い方法を選んだのだろう、という疑問です。交換殺人をする場合、犯人同士も接点を限りなくゼロにしておくべきです。そうでなくては交換殺人をするメリットが半減しますからね。だから、直接会うなんてのは以《もっ》ての外《ほか》だし、お互いの家に何度も赴くなんていうのも論外です。暗号文を郵送する、というのはリスクが高い方法ですが、直接会うよりはよほどリスクが低い方法です」

「つまり、九條くんはこう言いたいんだね。『二人に暗号文を作れるソフトウェアを渡し、手紙の交換を手伝っていた人物がいるはずだ』って」

「はい。そして僕の考えが正しければ、彼らに『交換殺人』という知識を授けたのも、お互いを引き合わせたのも、同じ人物です」

「すごいね。じゃあ、彼は何のためにそんなことをしたんだい？」

「お金のためですよ。四年前の同時期に、望月悟と土方遼は、それぞれ自身の口座から有り金をほとんど引き出している。金額は十万円と一千万円と違いますが、それが彼らの全財産だったということには変わりない。彼はそれを受け取り、犯罪の仲介をしていたんですよ」

ここでは言わなかったが、キリヤは水無瀬伎一に二束三文の土地を売った詐欺師も『六院千高』なのではないかと考えていた。何か証拠があるわけではないが、どうにも手法が似ているような気がするのだ。貯金の大半を要求し、犯罪を授けるという、その手法が。それに土方が伎一に『六院千高』を紹介したとするならば、伎一の交友関係をほとんど把握していたはずの晶絵が、その詐欺師のことを『見たことがなかった』と発言している理由にも説明がつく。

「『六院千高』は、犯罪を売り歩く詐欺師だ」

そこまで聞いて陸野は「はぁ」と感心したような声を出した。

「そう言われるとたしかに、黒幕がいそうな雰囲気があるね。でも、それでどうしてその黒幕が『六院千高』になるんだい？」

「……名刺ですよ」

「名刺？」と陸野が首を傾げる。

キリヤはポケットからジップパックに入った二枚の名刺を取り出し、彼に見せた。

「先ほど受け取ってきました。望月悟、土方遼、両名が持っていた名刺です」

そうして差し出された長方形の紙には『六院千高』とだけ書かれていた。普通はあるはずの肩書や連絡先は書かれていない。それはまるで自分は自分以外の何物でもないと主張しているようだった。

「もしかして、二人が同じ名刺を持っていたから、『六院千高』が怪しいって思っているの？」

「違いますよ」

どこか嘲るような表情を浮かべていた陸野は、キリヤの言葉に虚を突かれたようだった。

「名刺というのは、どうして渡すのだと思いますか？」

「さあ。一般的には自分がどういう人物かを示すために渡すんじゃないかな？」

「そうですね。名刺には簡易的な身分証としての役割があります。他には、取引先に対しての自己アピールという面もあります。ただこれは名刺の補助的な役割で、本来の役割は別です」

「本来の役割？」

「連絡先の交換ですよ。当たり前ですが、名刺は連絡先を伝えるために相手に渡すものです」

「でも、それには連絡先は書いていないよね？」

「それが書いてあるんですよ」

キリヤはポケットに手を入れて、手のひら大の筒状のなにかを取り出した。それは小さな懐中電灯のように見える。彼はその先端を名刺の裏側に向け、親指でスイッチの部分を押した。すると、やはり懐中電灯のように名刺に向けられている側が光り、二枚の名刺の裏にそれぞれ違う電話番号が浮かび上がってくる。

「それは、ブラックライトかな？」

「はい。このブラックライトも、土方、望月、両名が同じものをもっていました。そして、先程刑事さんに教えてもらいましたが、彼らは事件を起こす前の晩や直前に、必ずこの番号に電話をかけています。……まるで、電話の相手からアドバイスや指示を受けるように」

「へぇ」

「そして、土方さんに至っては今回家を燃やす前にも電話をかけている。これで『六院千高』が事件に関わっていないというのは、無理がある」

陸野は「なるほど。面白い話だね」と深く頷いた。

「じゃあ、どうしてそれが僕になるの？　僕の名前は『陸野隆幸』だよ？」

「アナグラムですよ」

「アナグラム?」

「『RIKUNO TAKAYUKI』は『ROKUIN YUKITAKA』のアルファベットを入れ替えただけの名前です」

キリヤがこのことに気がついたのは望月悟の部屋にあったありとあらゆる書類を精査していたときだった。書類の中にはもちろん先ほど出した名刺も含まれており、名刺を見た瞬間、それがこのマンションの管理人である『陸野隆幸』のアナグラムだと気がついたのだ。しかし、そのときはただの偶然だろうと思っていた。

それと同じ名刺がもう一人の犯人である土方の家から見つかるまでは……。

「それと僕は先ほど、土方さんや望月さんは『六院千高』から指示をもらっていたのではないか、と言いましたよね。指示を出すということはつまり、『六院千高』が彼らの状況を正しく確認できる場所にいるということです。さらに言えば、僕は『六院千高』が事件の再捜査の件を彼女に伝えたのではないかと思っている。従って、『六院千高』は、僕らの近くにいる人物ということになる。それも、事件のことを知ることができるほど近くに」

「……」

「これらのことを複合して考えた結果、僕は貴方が『六院千高』なのではないかという結論に至りました。事件の詳細は、僕の部屋に盗聴器でも仕掛けておいたんでしょう。ここに僕が引っ越してくることを知っていた貴方なら、事前に仕掛けておくこともできる」

キリヤの推理に、陸野は本当に驚いたような顔をした。まさかそこまで行き着くとは思っていなかったというような顔である。しかし、次第にその顔は緩んでいき彼は本当に嬉しそうな表情を浮かべた。

「すごいね。本当にすごい！」

陸野は手を叩く。それはまるで教え子を褒めているような声色を含んでいた。

「暗号ってだけでそこまで妄想できるものなんだね」

「妄想？」

「妄想だよ。君が言っていることには、何一つ証拠がないじゃないか。ＩＭＥは自分たちで作ったのかもしれない。手紙は直接やり取りしていたのかもしれない。盗聴器だって、君の部屋から見つかってないんだろう？『六院千高』は本当に存在したのかもしれないけれど、僕の名前とアナグラムになっているのはたまたまだよ。殺人を起こそうとする人間が常に最適解を選ぶなんて、映画やドラマの見すぎだよ。本当に合理的な人間は殺人なんてしない」

「……」

「それとも犯人たちがそう言ってるのかな？　『六院千高』にそそのかされたって、僕の写真を見せて、この人が『六院千高』だって言ったっていうの？　……言ってないんでしょう？　だから、君はこうして僕に詰め寄っている。僕を捕まえられるような証拠がないから、僕の証言を取ろうと思っている。ポケットに入っている録音機、どれだけ回しても無駄だよ。だって僕は『六院千高』なんて人間じゃないし、たとえそうだとして、ここで言うわけないじゃないか」

「――っ！」

「なに気色ばんでるの？　九條くん。仮の話だよ仮の話」

彼はもうキリヤの知っている『陸野隆幸』とは別人になっていた。いつも穏やかに細められていた目や口元から、今までになかった嘲笑を感じる。

「ねぇ、九條くん。本当に『六院千高』という人物がいるとして、彼はなにか罪を犯したのかな？　彼はたまたま二人の人物に同じ暗号が作れるＩＭＥが入ったソフトを売って、報酬を受け取っていただけなんじゃないかな？　手紙を届けていたのは営業のついでにしていたこと。彼らがその手紙でどんな話をしているかなんて、きっと彼は全くわかっていなかった。そんな彼を君は、警察は、罪に問えるのかな？」

キリヤは下唇を噛む。わかっている。そんなことわかっている。わかっているから、こうやって直接確かめに来たのだ。

　陸野はそんなキリヤの感情を逆なでするように、更に頬を引き上げた。

「九條くんはさ、妄想の『六院千高』をどのように考えてるの？　犯罪を売り歩く詐欺師だってさっき言ってたけど、本当にそう思ってる？　僕は思うんだ。きっと彼は詐欺師じゃないよ。みんなが本当に欲しいものを提供しているだけの、ただのセールスマンだ。まあ、ものと金額がつりあっていないように見えるから、端から見れば詐欺師のように思えてしまうのかもしれないけどね。彼はきっと、人のために働くことが好きなんだろうね。根本的に人のことが大好きなんだ。だから、友達になった人間の、気に入った人間の願い事は、何が何でも叶えてあげたくなっちゃうんだろうね。友達の笑顔に比べたら、善悪なんて些細なこと、人命なんて塵芥《ちりあくた》、そういう価値観の人間なんだろう」

　本当に他人事のように彼は語る。でももう、彼が『六院千高』なのは、誰が見ても明らかだった。それを第三者に示す証拠が何一つないことが何よりも歯がゆい。

　キリヤは奥歯を噛み締めた後、唸るような声を出した。

「最後に一つだけ答えてください。ここからの話はすべて仮定で構いません。貴方がもし『六院千高』だとして、僕の妹を殺した黒幕だとして、貴方が僕の引っ越した先のマンションの管理人だったのは、偶然ですか？」

「そうだね。きっと、半分偶然で半分必然だったんじゃないのかな？　僕が思うに

『六院千高』は鬼ではないよ。君に対しては本当に申し訳ないと思っている。君の人生を壊してしまったのは自分だと自覚しているし、その点に関しては恨まれてもしかたないと思っている。だからきっと、君が立ち直るまでこの街にとどまるつもりだったんじゃないかな。君がいつか真実にたどり着くのを信じて、君のことを見守っていたのだと思うよ。同じマンションに住んでしまったのは、偶然かな。君がマンションに来て『六院千高』もきっと驚いていたと思うよ」

陸野は最後に「ま、これは僕が『六院千高』だと仮定しての話だけどね」と性懲りもなく付け加えて、笑みを浮かべた。

「『六院千高』はさ。きっと、昔から人が本当に欲しいものがわかる人間なんだ。誰が何を求めているか、目を見るだけでわかってしまう。そして、彼はとても優しい人間だから、友人がそれを叶えるために協力してあげているだけなんだよ。お金が欲しい人には、人からお金を奪う方法。地位や名誉が欲しい人には、ライバルを蹴落とす方法。復讐《ふくしゅう》がしたい人には復讐の方法。人を殺したい人には人を殺す方法。彼はそれを売って、対価を得ているだけなんだ」

「まるで猿の手みたいですね……」

「ふふふ、本当だね」

陸野はそこまで饒舌《じょうぜつ》に語っていた口を閉じると、目を閉じ、ひと呼吸置いた。そして、次に目を開けたときには、キリヤのよく知る元の『陸野隆幸』に戻っていた。表情も声色も仕草もいつもの『陸野隆幸』だ。

彼は時計を見て、そして多少オーバーなリアクションをした。

「ああ、そろそろ準備しなくっちゃ。結局、光莉さんには会えなかったなぁ」

「日本にはいつ頃、帰られるんですか？」

「どうだろう。一年後かな。二年後かな。十年後かも。来週帰ることもあるかな」

目の奥に『六院千高』をちらつかせながら、陸野は飄々《ひょうひょう》とそう言って微笑んだ。

「そうですか。……待っていますね」

「うん、また会おう。帰ってきたら教えるね」

そう言って『六院千高』は、どこまでも『陸野隆幸』の顔で微笑んだ。

エピローグ

陸野がマンションの管理人をやめて、一週間ほどがたったある日——

光莉と一宮とキリヤは、三人で集まっていた。場所はキリヤのマンションの部屋で、光莉と一宮はローテーブルの前に座っている。ワクワクを隠せない光莉と、どうでもよさそうな一宮の前に、キリヤは「どうぞ」と飾りっ気のない真っ白な皿を三つ置いた。その上には、艶やかな半熟卵のオムライスがある。赤いトマトケチャップと緑色のパセリがいいアクセントとなっていた。

「わぁああ！　ふわとろのやつだー！　お店のやつみたい！」

「お前、本当に手先が器用だな」

子供のようにはしゃぐ光莉と、驚いたような声を出す一宮に、キリヤは大して嬉しくなさそうな反応を返しながら、彼らにスプーンを渡した。

もともと、光莉とキリヤは二人で会う予定だった。というのも、どうやらキリヤは以前一緒に鍋を食べた時の約束を覚えてくれていたらしく、「一応、オムライスの練習してみたんですが、食べに来ますか？」と誘ってくれたのだ。それに「行く！」と返事をした直後にキリヤのスマホに一宮から連絡があり、それなら三人で会うかという話になったのである。

「なんか、急に来ちまって悪いな」

「別に、作ってみたら案外難しくなかったので問題ありませんよ。材料は一宮さんが買ってきてくれましたし、平気です」

「いやまあ、そうかもだけどなぁ」

「一宮さん！　これすごいおいしいですよ！　中、バターライスです！」

「お前はもう食ってんのかよ」

そんな会話を交わしつつ、三人は食事を始めた。

一宮が来た理由は、土方の聴取の報告をするためだったらしい。目新しい情報はさほどなかったが、土方が罪を全面的に認めていることと、犯行を仲介した人物などはいないと証言していることなどが報告された。土方によると、望月悟と交換殺人をしようと思ったのは、道でたまたま会って、話してみたら意気投合したからだという。手紙もそれぞれの家のポストに投函しに行ったと証言している。捜査員の多くが『もしかしたら仲介した人間がいるのではないか』と疑ってはいたが、望月悟がもう亡くなっている以上、彼女の供述を否定する証拠も見つからなかった。まだ聴取は続いているが、土方は証言を変えるつもりはなさそうなので、その証言で起訴するということになりそうだった。

「ヒナタちゃんを殺した動機に関しては、だいたいお前の読みどおりだったよ。土方はもともと弦牧響輔に強い想いを寄せていて、そんな彼に評価されているヒナタちゃんに嫉妬心みたいなものがあったそうだ。でもまあ、最初は殺そうとまでは思っていなかったらしい。状況が変わったのは、ヒナタちゃんがピアノをやめるという話になってからだ。ヒナタがピアノをやめると知った弦牧は酷く感情的になって、親しくしていた土方にまで愚痴をこぼしたらしい。それで、話を聞いているうちに土方は、ヒナタを殺せば弦牧が喜ぶと勘違いしちまったみたいだな。小指を持っていけば更に弦牧が喜ぶと思ったらしいが、望月悟が『なくなった』と言って渡してくれなかったそうだ」

「そのときにはもう望月靖記さんが指を確保していたんでしょうね」

「だろうな。ちなみに二人が付き合い始めたきっかけは、ヒナタちゃんの死だったらしい。土方は悲しむ弦牧を慰めて、見事恋人の座を得たんだと」

「そう、ですか」

「悪いな。あんまり聞きたくなかったろ」

「いえ。聞けてよかったです」

それで報告は終了だったらしく、一宮も改めてオムライスを食べ始めた。一口目を食べた直後に「お前、店でも出すのか？」と驚いていたので、彼の口にも合ったのだろう。

「んで、キリヤ、今後どうするんだ？」

一宮がそう切り出したのは、食事を終えた直後だった。キリヤが不思議そうな顔で「今後？」と首を傾げると、一宮が「警察への協力だよ」と言葉を付け足す。

「民間人協力者、やめるのか？　妹の件、片付いただろ？」

「あ、……そっか」

光莉はそこで初めて、これがキリヤにとって最後の事件だったことを思い出した。彼が警察に協力していたのは、妹の事件を解決するためだった。それがもう解消してしまった以上、彼が警察に協力する理由はない。

光莉の胸を一抹の寂しさがよぎる。今の今までなんとなくこれからもキリヤとこうやって過ごすのだと思いこんでいたからだ。しかし、彼の立場からすればこれは喜ぶべきことだろう。彼にとって光莉たちが持ってくる依頼は厄介事と言って間違いなかったのだから。

光莉がそんなふうに考えている間にも一宮とキリヤの会話は続く。

「正直な話な。お前のことを引き止めるように言われてるんだよ」

「僕、二階堂さんに嫌われてると思ってましたけど？」

「二階堂のやつは嫌ってねぇよ。ただあいつは、民間人をむやみやたらに事件に巻き込むべきじゃないって思ってるんだよ。まあ、そのへんは俺も同感だけどな。残ってほしいって言ってるのは、二階堂以外の一課の連中だ」

「どちらにせよ、嫌われているのだと思ってました」

「一課のやつらは、お前のことを好いてるってわけじゃないけどよ。なんだかんだ言いながらも助かってたんだろうな。……でも、俺自身は引き止める気はねぇよ。助かるのは確かだが、これ以上自分の人生を他人のために削ることはねぇよ。俺たちみたいにその道で生きるって決めたなら話は別だが、お前はそういうわけじゃねぇんだしな」

珍しく真面目なトーンの一宮に、光莉も黙っていた。気持ちは一宮と同じだ。

キリヤはしばらく口を噤んだあと、わずかに口角を上げる。

「続けますよ」

「ん？」

「続けます。自分の人生を削らない範囲で。……彼にも待っていると約束しましたしね」

最後の言葉はきっと光莉の耳にしか届いていなかった。しかし、キリヤの言ってい
た『彼』が誰を指すのかまではわからない。
一宮は「本当にいいのか？　一課にもそう説明するぞ？」と何度も確かめたあと、
「お前、もうそのままの勢いで、警察に就職しろよ！」と肩を揺らした。なんだかん
だ言って、一宮もキリヤに続けてほしいと思っていたようだった。
警察に就職という言葉に、光莉の声も高くなる。
「え？　キリヤくんが同僚？」
「絶対に嫌ですよ！　あんな真夜中に帰ってくる仕事、死んでもゴメンです！」
「いやぁ、意外に向いてるかもしんねぇぞ？」
「向いてる向いてない以前に、やりたくないんですよ！」
そんなこんなでワイワイ話しているうちに時間はあっという間に過ぎていき、気が
ついたときには夕方になってしまっていた。
「んじゃ、俺はそろそろ帰るな。昼飯ごちそーさん」
一宮はそう言いつつ、片手を上げてマンションに背を向ける。そんな彼の背中をキ
リヤと光莉は並んで見送った。彼の背中が見えなくなると、光莉は改めてキリヤに向
き合う。そして、右手を差し出した。

「頼りないかもしれないけど、これからもよろしくね」

光莉がそう言って頬を引き上げると、キリヤは右手と光莉を交互に見た。

そして、ふっと笑みをこぼした。

「頼りないとは思っていませんよ。……危なっかしいとは思っていますけど」

キリヤは手を握り返す。

「七瀬さん」

「ん?」

「あんまり危ない真似はしないでくださいね」

燃え盛る家に飛び込んでいった件を言っているのだろうか、それとも腹に穴を開けられてしまった件を言っているのだろうか。キリヤは握った手を放さぬまま、静かな声でそう言った。その表情はいつもよりも少しだけ真剣味を帯びているように見える。

「死んだら恨みますからね」

右手を握るキリヤの握力がわずかに強くなる。

「多分。すごく、恨むと思います」

その声が懇願しているように聞こえるのは、キリヤが光莉とヒナタをどこかで重ねているからかもしれない。光莉は、自分にも誓うようにはっきりと口にする。

「うん、大丈夫だよ。約束する。私は死なないよ」

「……約束ですよ」

「うん！　約束！」

そう答えると同時に、光莉はずっと自分の中でくすぶっていたとある疑問にも答えを得たような気がした。

「なんか、私に弟がいたらこんな感じだったのかな？」

キリヤが自分のことをヒナタと重ねてくれている。その事実が、なんだかこそばゆくて、嬉しかったのだ。だから思わず、そんな言葉が口から転がり出た。しかも、口に出すと意外にもしっくりと心に馴染む。違和感はあまりない。少なくとも、友人よりや知人よりも、無理がない。

――私とキリヤくんの関係、か。

それが一つの答えのような気がした。

キリヤは「は？」と頰を引きつらせた後、「こんな姉、いりませんが？」と声を低くする。

その表情がおかしくて思わず肩を揺らすと、ますます彼は不機嫌な顔になった。

灰色の空から白い綿毛が落ちてくる。

それが二人の鼻の頭で同時に解けて、顔を見合わせた。

「寒いね。入ろうか」

「そうですね……」

繋いだままになっていた手を離すと、唇から白い息が漏れた。

【参考資料】

暗号大全　長田順行　講談社学術文庫
暗号解読事典　フレッド・B・リクソン／訳：松田和也　創元社
新修 隠語大辞典　皓星社
暗号解読（上・下）　サイモン・シン／訳：青木薫　新潮文庫
記号の事典　編集：江川清　平田嘉男　青木隆　三省堂
暗号学　稲葉茂勝　今人舎

――本書のプロフィール――

本書は書き下ろしです。
この作品はフィクションです。実在の人物、団体、事件などにはいっさい関係ありません。

小学館文庫

暗号解読士《あんごうかいどくし》　九條《くじょう》キリヤの事件簿《じけんぼ》
〜白《しろ》の詐欺師《さぎし》〜

著者　桜川《さくらかわ》ヒロ

二〇二三年十一月十二日　初版第一刷発行

発行人　石川和男
発行所　株式会社　小学館
〒一〇一-八〇〇一
東京都千代田区一ツ橋二-三-一
電話　編集〇三-三二三〇-五六一六
　　　販売〇三-五二八一-三五五五
印刷所 ——— TOPPAN株式会社

この文庫の詳しい内容はインターネットで24時間ご覧になれます。
小学館公式ホームページ　https://www.shogakukan.co.jp

ISBN978-4-09-407311-9

死神の初恋

犠牲《いけにえ》の花嫁は愛を招く

朝比奈希夜

イラスト　榊空也

街で流行病が猛威を振るい、
恐慌状態となった人々によって
『生贄の花嫁』にさせられた元令嬢の千鶴。
現れた死神・八雲は「妻など娶らぬ」と
冷たく千鶴に告げるが——。

CHARABUN
キャラブン!
小学館文庫

王と后

深山くのえ

イラスト　笹原亜美

中継ぎだと軽んじられる王。
その王に嫁ぎながら異端の者として
後宮に軟禁される巫女。
千和の国を支配する八家の謎と禁忌を描く
和風ファンタジー！

CHARABUN
キャラブン！
小学館文庫

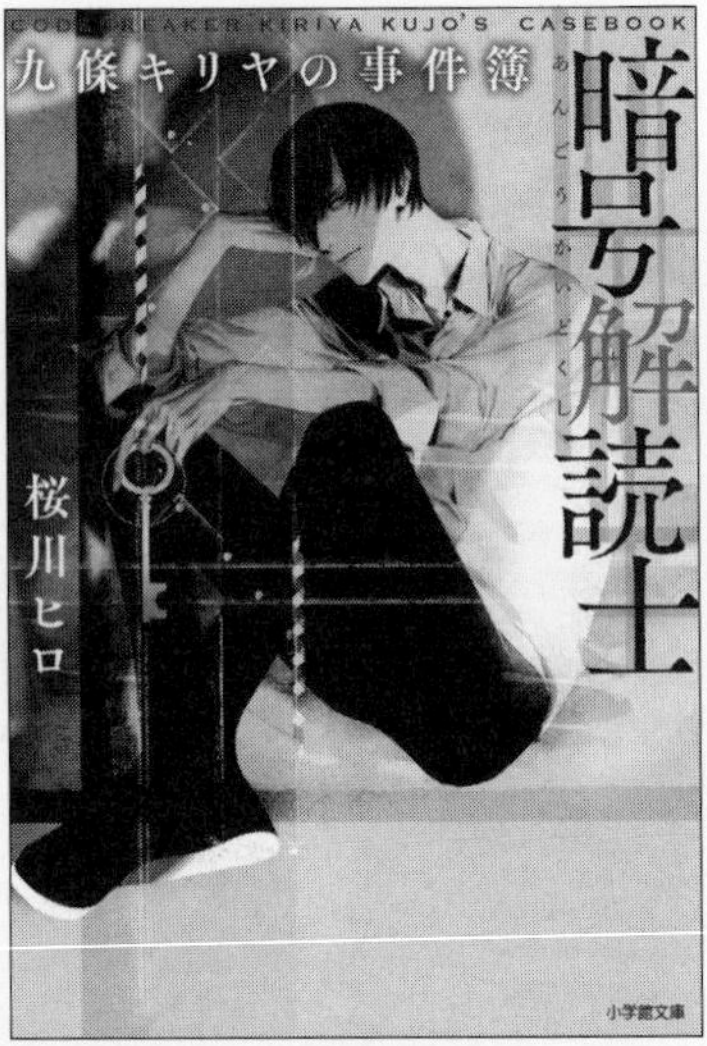

暗号解読士　九條キリヤの事件簿

桜川ヒロ

イラスト　アオジマイコ

九條キリヤ、通称『暗号解読士』。
暗号にまつわる難解な事件を
いくつも解決に導いてきた警察の民間人協力者。
捜査のためにキリヤと組むことになった
新米刑事・七瀬光莉だが…!?

CHARABUN
キャラブン!
小学館文庫